うつろ舟

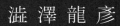

澁澤龍彦

虚舟

[日] 涩泽龙彦 著

黄洁萍 译

广西师范大学出版社

·桂林·

Utsuro Bune by Tatsuhiko Shibusawa

Copyright © 1986 Ryuko Shibusawa

All rights reserved.

First published in Japan in 1986 by KAWADE SHOBO SHINSHA Ltd. Publishers

Simplified Chinese translation rights arranged with KAWADE SHOBO SHINSHA Ltd. Publishers

Through CREEK & RIVER Co., Ltd. and CREEK & RIVER SHANGHAI Co., Ltd.

著作权合同登记号桂图登字:20-2014-275号

图书在版编目(CIP)数据

虚舟/(日)涩泽龙彦著;黄洁萍译. —桂林:广西师范大学出版社,2017.5

(涩泽龙彦集)

ISBN 978-7-5495-9325-5

Ⅰ.①虚… Ⅱ.①涩… ②黄… Ⅲ.①故事-作品集-日本-现代 Ⅳ.①I313.45

中国版本图书馆 CIP 数据核字(2016)第 316014 号

出 品 人:刘广汉

责任编辑:阴牧云 谭思灏

装帧设计:黄 越

广西师范大学出版社出版发行

(广西桂林市中华路 22 号   邮政编码:541001)
(网址:http://www.bbtpress.com)

出版人:张艺兵

全国新华书店经销

销售热线:021-31260822-882/883

山东鸿君杰文化发展有限公司印刷

(山东省淄博市桓台县寿济路 13188 号 邮政编码:256401)

开本:787mm×1 092mm   1/32

印张:6.25   字数:106 千字

2017 年 5 月第 1 版   2017 年 5 月第 1 次印刷

定价:39.80 元

如发现印装质量问题,影响阅读,请与印刷厂联系调换。

目

录

护法童子

镰仓泉之谷有座净光明寺，寺院塔头有间叫作华藏院的僧院。此僧院是智庵和尚所创，如今一片荒芜，惨不忍睹，但在佛法盛行的从前，僧院内的十王堂让众多善男信女望而却步。僧院有五间佛堂，里面并排立着冥府十王的木像，木像的颜色已经剥落，有些发黑；如今佛法虽不如从前盛行，人们依旧不敢靠近。传言这十尊木像，乃文觉高僧从京都清安寺背到镰仓来的。文觉高僧一次只背一尊木像，如此背十尊便要在京都和镰仓之间往返十次。现代人信仰之心淡薄，在他们眼中，走这十趟得多累啊，所幸文觉高僧并不觉得。人们还纷纷传说，入夜后，十王堂里总会传出从阴间提出犯人拷问的哀嚎。人们不敢靠近华藏院，是从宽政[1]年间开始的，

1　宽政（1789年—1801年），日本光格天皇的年号。本书所有注释均为译者注。

这与其说是因为当时的人们怀有信仰，不如说反映了彼时追逐怪诞之说的世相。

长谷观音前有座狭长的房子。话说有一次，一群商家子弟聚集在二楼饮酒作乐。他们平日里就在镰仓一带横行霸道，这次他们一边和艺妓嬉戏，一边扯到鬼怪之说。有人便拿彦七开起玩笑：

"彦七，平日你和鬼怪交好，今晚有没有胆量学学文觉高僧，去一趟泉之谷的十王堂，挑一尊木像背到这里？随便你背哪尊都行，你敢背，我们就请你大吃一餐，这里的姑娘们作证，如何啊？"

玩笑中提到的与大森彦七[1]同名的这个彦七，并不是真的和鬼怪熟稔，只因他拜一个诨名"妖怪"的汉学先生学儒学，才被如此戏谑。那玩意儿商家子弟们才不学哩！不过话说回来，这个彦七天生真有点精神和肉体缺陷，尔后马马虎虎长大成人；即便他家境富裕，依旧被同龄伙伴们瞧不起。一百年前，那时还是元禄时代，江户日本桥一带有个有名的财主叫石川六兵卫，因不守町人的本分受到江户十里四方[2]驱逐，他为躲避处分搬到了镰仓建长寺附近；彦七就和这个石川财主家带有血

1　大森彦七，即大森盛长，日本南北朝时期武将。《太平记》里收有关于他的鬼怪故事。

2　江户十里四方，江户时代的刑罚之一，禁止罪人进入以江户日本桥为中心方圆五里之内的地区。

缘关系，再怎么落魄好歹也是六兵卫一族的人啊。彦七
如今未满二十五岁，有一个比他大三岁的妻子，尚无儿
女。他并不像商家子弟们一样沉迷于女色，除了研究枯
燥无味的学问之外别无他能，所以经常被当作笑柄。

"哟，彦七怎么不见了？刚刚还在这里的，跑哪里
去了？"

"你方才那样嘲讽他，说不定豁出性命跑泉之谷去
咯。你可惹出祸端来了。"

"不可能！凭他？乳臭未干呢，没那个胆的！大概
想他娘，溜回家里去咯。"

彦七不知何时不在座位上了。在场的人拿他开了好
一会儿玩笑，之后不久又把他忘光了。酒过三巡，已到
夜四半¹了，众人打算散了回家。就在这时，二楼下面
的楼梯传来了嘎吱嘎吱的声音，还夹杂着嘈杂的脚步声，
大家面面相觑，感到惊讶。有个艺妓站起来拉开隔扇门，
颤抖着说：

"啊……彦……彦七，背……背着木像……"

"什么？！"

众人几乎同时朝楼梯方向看去，只见彦七摇摇晃晃
地站在那里，背着同他几乎一样大小的木像，步履蹒跚

---

1 日本旧时采用不定时计时法，用十二支表示时刻。夜四半属亥时，约
等于今天时间的夜里 10 时 30 分至 11 时。

地走进来。在场所有的艺妓和商家子弟们呆呆地坐着，惊愕得说不出话来。之前嘲讽彦七的那名男子，此刻更是惊讶得酒意全无，哑口无言地看着这一幕。

彦七毫不在意在场人的反应，左摇右晃地背着木像从通道走进房间，慢慢地把木像安放在座位上，艺妓们早已吓得魂飞魄散，不知去向。但大家仔细一看这木像，就发现这木像与冥府十王像相去甚远。十王乃审判地狱死者的法官，相貌愤怒得令人惊骇，衣冠楚楚，道貌岸然，这木像则与之全然不相似。换言之，彦七背回来的这尊木像，模样哪里谈得上恐怖，反倒有些滑稽，因为那不过是一尊护法童子的木像。小童看上去倔强淘气，矮胖矮胖的，弯着腰，手放在散杖杖端的八重莲花之上，下巴搁在手上，留着刘海头，嘴巴咧开，一副好奇淘气的样子。

"这是什么玩意儿啊？不是十王啊！就是个会耍活宝的小娃娃。彦七啊，你以为我们是傻子啊？"

"哈哈，大家不要生气，这小童和彦七很像啊，好歹是他三更半夜辛苦背过来的，哈哈。"

"呀，这小童，好可爱哩！"

之前还被吓得魂飞魄散的商家子弟和艺妓们，现在又开起玩笑，捧着肚子一起笑个不停。

彦七一副泄气的样子，一屁股坐在榻榻米上，默不作声地喝着闷酒。直到有人问起他事情的来龙去脉，他才道出自己今夜的所作所为。

之前被伙伴嘲笑，彦七憋了一肚子的火，发誓要做点成绩给大家瞧瞧，于是一路不停歇地从长谷走到泉之谷的华藏院，赶到十王堂。踏入堂中央，他发现里面一片漆黑，冥府十王威严十足地排列在眼前，以地藏菩萨为中心，左侧依次是秦广王、初江王、宗帝王、五官王、阎魔王，右侧依次是变成王、太山王、平等王、都市王、转轮王，十王个个瞪大眼睛盯着自己，发出瘆人的光芒。彦七觉得一阵寒气袭来，毛骨悚然，害怕得寸步不敢靠近。但转念一想，自己好不容易才来到这里，不能两手空空回去，那太窝火了。这时，他不经意朝周围一看，在刚才入口的附近，有一尊落满灰尘的护法童子像孤零零地立着。哎呀呀，把它搬回去好了。于是彦七双手小心翼翼地靠近童子像，咕噜一下扛在自个儿的背上，头也不回地走出了十王堂，按照来时的夜路，一口气赶回长谷观音前的这座房子里，背上二楼，到达时已经上气不接下气，脑袋一片空白。

彦七说完自己今晚的行动，大家又是一阵狂笑。夜很深了，在场的人陆陆续续回了家，只剩彦七一人留在原处。房间里似乎还回响着大家的嘲笑声。

独自坐在杯酒狼藉之中，彦七在木像跟前低下头，对着木像连连举杯诉说：

"护法大人啊，我呀，是出了名的冒失鬼，以至于这次又稀里糊涂地把您带到了这俗不可耐之地，对不起啊！恳请您原谅。我家就在建长寺的前面，以后只要您方便，尽管到我家里来！那现在，我就先送您回十王堂吧！"

说完之后，彦七再次背起护法童子，走夜路回到十王堂。夏季夜短，抵达十王堂时天已经微微亮了。这里顺便提一下，长谷到泉之谷大约相隔一里[1]路。

此时的彦七已是筋疲力尽，踉踉跄跄地爬过龟之谷的小坡走回了家。走这点路比不得文觉上人往返十趟的奔波劳顿，不过一来一去让彦七仿佛与背上的护法童子结下了亲密交情。他觉得心满意足，上床准备睡觉的时候，还是难以抑制自己兴高采烈的心情。

一个月后，彦七在自己家中闲来无事，躺着看书，这时突然有个什么东西掀开走廊的青苇帘子，一下露出脑袋。彦七大吃一惊，一看竟然是前些夜里自己背的那个护法童子。

"您在做学问啊，既然如此，我还是不打扰您了。"

彦七霍地赶忙起身：

---

1 里，日本的长度单位，一里约 3927 千米。

"哪里哪里，谈不上是做学问，不过是闲来无事随便读读中国的志怪小说罢了。乾隆年间有本叫《聊斋志异》的小说集，里面一篇竟有个与我如出一辙的主人公，所以刚才我以为是不是看错了，没缓过神来。您别往心里去，您能来我高兴得很。总而言之，您先进来坐下吧！喂！阿驹，拿酒拿酒！"

阿驹是彦七的老婆，她慢吞吞地从房间里面走出来，对眼前这位素未谋面的客人有些诧异：

"呃，这位客人这样年轻，可以喝酒吗？"

"不碍事。这是贵客，看起来是孩童模样，实际上酒量好得很。不要说些枝端末节的话，凉的没关系，马上给我拿上来。"

彦七虽在朋友堆里抬不起头，回到家中却是一副大男人模样，对这不伶俐的老婆呼来喝去的。他们一边喝酒一边聊天，彦七问起客人的名字，他扭捏着说"您叫我乙或者乙天就好"，没有姓。据他说，有人也叫他乙护法或者乙天护法。

万事呆头呆脑、处处低人一等的彦七，喜好喝酒；这护法也是酒豪，喝起酒来如同无底的酒桶一般，彦七简直不是他的对手。两人从晌午开始喝，直到彦七醉倒在地，神志不清地睡去。待彦七醒来时，已是灯火微明的夜晚，此时护法早已离开了。

在这之后，护法几乎每隔三天必到建长寺前的彦七家中做客，两人不同寻常的交情也变得日益亲密。有时他们交谈甚欢，护法也曾经留宿在彦七家中。而彦七也会拿出自己拙劣的汉诗文稿，请求护法赐教。每逢这种时候，护法都会毫不留情地把稿子修改得面目全非，还苦笑着说，稿子太差劲啦，简直难登大雅之堂。彦七的老婆阿驹十分喜欢这个年轻如少年般的护法，哪怕他每隔三天必登门喝光家里所有的酒，她也喜欢得很，动不动就用露骨而多情的眼神望着少年，送去秋波。但是，护法仿佛对女人毫无兴致，阿驹的媚眼抛得再多，也只是一味增加自己的焦躁，无济于事。

话说有一回，正值夏末秋初的一个夜晚，彦七同往常一样喝得酩酊大醉后睡着了。护法独自坐在地炉旁闲得无聊，举杯独饮，房间外还传来虫鸣声。没过多久，彦七在梦中不知怎的感到一阵五脏六腑被蚂蚁啃咬般的疼痛。他猛地睁开眼睛，发现护法正坐在自己跟前，从自己的肚子里掏出胃啊肠啊的，一点点扯开放在榻榻米上，仔细地摆齐了。彦七大惊失色，问道：

"乙护法，不要开玩笑啊！您对我有什么积怨吗？竟然要杀了我！"

护法反而一副无动于衷的样子，回答：

"慌什么。我哪里是在杀您，我这么做是为您好。

我在给您换五脏六腑呢，不要瞎嚷嚷。"

彦七看着自己的五脏六腑被摊在地上，简直吓得毛骨悚然，不忍直视，只得紧闭双眼，歪身横躺着任凭对方摆布。护法熟练地叠好彦七的肠子并塞回肚子里，还缝紧了肚皮。待到彦七再睁开双眼时，地上竟然没看见一点血渍。肚脐周边呢，似乎有种撑紧的感觉，又像是麻麻的感觉，但恐怕只是自己的错觉吧。这时，彦七发现桌子上有颗青蛙卵大小、半透明果冻般的圆球，便问护法那是什么东西，护法回答：

"啊，这个啊，这就是您的灵魂嘛。您的汉诗之所以写得差，都是因为这东西不好，所以我就给您换了个好的灵魂。"

彦七有些无语，心里嘀咕着："你这人真是任意妄为。"但事已至此，再怎么抱怨也没用了。第二日清晨，彦七睡醒之后就低头看看自己的肚子，发现那儿只有一条伤口愈合后线条状的红疤痕，不由得感到一阵古怪。

然而，这次彦七的五脏六腑被换过之后，很快就显出了效果。前面提到过，彦七跟着一个诨名"妖怪"的汉学老师学习汉学。就在这短短的时间之内，他迅速在学塾里崭露头角，向所有学友展示了他惊人的阅读能力和记忆力。彦七从前自作的汉诗经常被护法修改得体无完肤，如今的汉诗却得到护法的大力赞扬，还说"不用我修改啦"之类的话。彦七本人也未见得有什么不快，其实还蛮有点沾沾自喜。正当日子过得称心如意的时候，一日，他心事重重地对护法说：

"乙护法，您帮我洗肠换胃，我得以脱胎换骨变得十分聪明，我心里对您感恩戴德。但实际上我仍有一事相求，此事颇让我烦恼。可愿听我细细道出？"

"我不知您所指何事，不过，但凡您想说出口的事，就请尽管提出来吧！只要我能帮得上，我定会不留余力地相助于您。"

"不为别的，只是我认为，您既然能够换掉灵魂和五脏六腑，那么或许您也能够换掉一个人的容貌。"

"这个嘛……"

"我妻子是父母从小给我定下的娃娃亲，我们在懵懵懂懂的情况下被扯到一起做了夫妻，稀里糊涂在同一屋檐下生活了五年，直到今日。我可以毫不留情地说一句，她长得实在不好看，我终日看着她，真是腻烦透顶了。乙护法，您能不能给我的妻子换副脸孔？"

护法面露难色：

"那也不是不能换的……但我们先不谈容貌的事，有件事我想问问您，你们夫妻俩那方面如何？"

"那方面是指……"

"就是你们的闺房生活。"

彦七一下语塞："啊，那种事也就妻子一人知道而已……不好也不坏吧……"

护法笑了，说："明白明白，那种事旁人还是不要知道的好。方才我们说到您妻子的容貌，鄙人乐意为您效劳。然而有一个条件。"

"是什么条件？"

"我要借您的男根用一段时间。是的，我自然不会怠慢它或是丢弃它，您尽管放心。我借它完成我的事，自然就会尽快归还于您。"

彦七大吃一惊。虽说一借一还天经地义，但迄今为止还从未出借过自己的男根。要借也是可以借的，可想想自己的裆中之物称不上是什么引以为荣的东西，若将它暴露在他人目光之下，并交由他人支配，想想都觉得不乐意。要借给护法呢，想想也可以接受，但总是担心男根出借后会有去无回。而且，护法要它来做何用途？给妻子换脸孔，为何要用到我的男根？思来想去，彦七不明其中缘由。这时，护法似乎看穿了彦七的迟疑一般，为了给他吃定心丸，便解释道：

"哎呀，问您借也就是借个五六日，不要这么介意。要说我借来做何用途，全因我本不是人类，您若出借男根与我，我便可化为人类，稍微接近一下女色。"

彦七还是难以释怀，但终究依护法所言借出了自己的男根。护法轻而易举地用手从他的裆部一下就拔出了男根，顿时，彦七感到股间一阵寒风袭来，有种从未有过的无依无靠感。他不由得缩起了肩膀。

过了几日，一天夜里，彦七正在看书，护法如同往常一样从院子里走进彦七家，突然就出现在彦七的眼前，手里还拎着一个包袱。彦七便问那是何物，护法回答道：

"哎，我真是费了好大劲，才把这称心如意的美人头弄到手。一想到不能让彦七君长期忍受这种无男根的痛苦日子，我就不得不使了野蛮的方法。您快来看看，就是这颗美人头。"

说完他便打开包袱，咕噜一下有东西滚落到榻榻米上。竟是颗活生生的美人头！项上还滴着暖暖的新鲜血液。

护法用眼睛示意彦七，彦七赶紧带头悄悄潜入妻子的卧房，阿驹正盖着棉被，后背朝外熟睡着。护法让彦七抱着美人头，随即又从自己口袋里拿出一根金刚杵，像切豆腐一般毫不费劲地割下阿驹的脑袋，又急忙接过彦七怀里的美人头，把它严严实实地接到了阿驹的身上，再放回枕头上。所有的动作不过是瞬间完成的，彦七看呆了。

"您把割下来的头拿到院子里埋好。"说完护法就要转身离开，又突然想起什么似的回头微笑着道：

"哦，忘记还给您了，您的重要之物。"

递到彦七手里的男根，有段时间不见，已经明显缩短了许多，小得可怜。

护法在递交男根之时，彦七借着微亮的灯光瞅了一眼护法。令他惊讶的是，护法的脸不知何时已经变得消瘦又憔悴，年轻的鳞片消失了，曾经孩童般的脸变成了布满皱纹的苍老的脸。彦七感到护法为自己付出了巨大的精力，过意不去，于是忍不住挽留已经转身要离开的护法：

"您这是要回到泉之谷去吗？天色已晚，何不在寒舍留宿？"

彦七却得到了出乎意料的答复：

"我不回泉之谷，今晚我住在建长寺的塔头。"

"什么？建长寺的塔头？"

"正是。镰仓的各个角落都有我的住处，比如建长寺、圆觉寺、常乐寺，有时也住长寿寺和寿福寺。您可能还不知道，我不一定只住华藏院的十王堂，这就是四海为家啊。彦七君，您无需担心我。"

鹤岗八幡宫的二之鸟居门前有条段葛大街，街道对面有一家叫桔梗屋的批发店，店老板的独生女叫阿绀。

有一回，阿绀去八幡宫朝参[1]，回家路过赤桥时，不经意地低头往源平池看了一眼。当时碰巧早上的阳光照射在水面，阿绀发现池子里有条可疑的生物发着金绿色的光，躲在荷叶下目不转睛地盯着自己的方向看，像蜥蜴，又像蝾螈，又像带脚的蛇，不，确切地说是一条小龙。阿绀忍不住驻足细看。源平池有龟也有甲鱼，但从未听说过有龙。当然，阿绀觉得那是龙，肯定不是说她见到过真正的龙。但看到它的第一眼，阿绀就十分肯定那就是龙，因为头上明明有博山嘛！

据说普通的龙头上一般有椭圆形的博山，而小龙的博山却是圆形的，并且向外突出。博山为何物？一种说法，是指盛酒的青铜祭器上刻着的像山一样突出的部分，另一种说法一针见血地指出博山就是博山炉。总而言之，小龙的脑袋上就有块突出的圆形部分。阿绀对龙的形态学自然是一窍不通，也不知晓博山为何物，她只清楚地知道小龙脑袋上有块突出的圆形部分，并凭直觉断定它绝不仅仅是普通的爬行类动物。

这只是个开始，之后阿绀多次看到小龙。阿绀的娘家经营着批发店，父亲平日喜好种些花草，因此家里的主屋连着一个小庭院，院里还配有茶道用的石质洗手盆。

---

1 朝参，指一大早就去朝拜神社和寺院。

一日清晨，阿绀在走廊推开防雨门板的时候，发现院子里的竹篱笆下方整整齐齐的竹子切口处，冒着一条细长的白烟。白烟似乎是湿的，因为挨着竹篱笆有很多踏脚石，独有那一处像刚下过雨般湿漉漉的。看了许久，白烟一直在冒个不停。阿绀觉得太不可思议了，急急忙忙套上木屐走进院子，往竹子的切口处探个究竟，却发现一条闪着金绿色光芒的小龙从那里飞了出来，像一道光闪过眼前，之后便扭动着身子迅速逃到草丛里去了，和八幡宫池子里的小龙是一样的，头上也顶着博山！

"阿绀，你在那儿看什么？"

走廊传来母亲的声音。阿绀似乎从梦中醒来一般，回道：

"母亲，刚才这里有条小龙呢！"

"哪有什么龙啊！你这孩子，说什么傻话，总是古里古怪的。"

阿绀确实是个古怪的姑娘。虚岁明明二十了，却不像其他妙龄姑娘一般春心萌动，对父母的说媒也提不起半点兴趣，反而一副相当为难的样子，一提到婚嫁便哭得昏天暗地，父母也无可奈何。阿绀乃桔梗屋三代单传的小姐，父母思量着尽快招个信得过的贤婿来继承家业，今后乐得个逍遥自在，可这女儿压根就讨厌男人，提都提不得。左邻右舍都在背后议论纷纷，说这姑娘是不是有生理缺陷。远近的亲戚也七嘴八舌地说，要不要带这孩子去看看医生。在此要向读者们强调的是，阿绀是少见的美人坯，也正因如此，才被当作有趣的谈资，邻里们说三道四，说什么像古代的小野小町[1]啊，美貌的同时一定是带些生理缺陷的。作为相州镰仓郡的人，这点古典修养还是有的。

在八幡宫池里看到小龙后的第五日，按照惯例八幡宫当天有个秋祭会，阿绀为了参加秋祭会出门了。阿绀经常去神社，去祈祷些什么。那天来八幡宫参拜的人络绎不绝，十分拥挤，人群中有位商家出身的公子哥，看上去脸色苍白，身体瘦弱，不出二十岁的模样。阿绀注意到他是跟着自己来到神社的，一路上时隐时现，到了神社后又频频朝自己的方向看。阿绀早就习惯了陌生男人打量自己的眼神，也习惯了男人跟踪自己还递过情书之类的事。然而这次不知为何，阿绀感到不安。非要追究其中缘由，那就是男子身上所穿的小花纹短外褂，让阿绀联想到了小龙身上的鳞片和背部的颜色。

从三之鸟居走到段葛大街，阿绀为了甩掉男子的跟踪，又从西之鸟居走到了马场小路，但没有摆脱掉。男子像是早已埋伏好等在那里似的。阿绀远远认出他的身

1　小野小町（生卒年不详），日本平安时代早期女诗人，为六歌仙之一。相传她美貌绝伦，然而对男人毫无兴趣，据说乃因其为石女的缘故。

影，便转身走向同家的方向相反的巨福吕坡。那儿又叫户塚道，是镰仓通往江户的街道，小坡跟前零零星星有几家批发店，再往前走就是人烟稀少的荒僻小路了。阿绀回头望去，男子仍在身后跟着。她不知所措地一个劲儿加快了步伐。

阿绀没有往热闹的若宫大道方向走。为何她走了反方向的路？她似乎着了魔，在去往巨福吕坡的途中，在青梅圣天这个地方左拐，加快向山里的小路走去。她分明是在诱使男子走向人烟稀少的地方。不，或许是后面的男子正用遥控器之类的东西，为所欲为地操纵着阿绀。

阿绀脸色发白，双乳之间冒出豆大的汗珠，气喘吁吁地爬着山路。越过这座山，前面就是泉之谷了。总算来到了泉之谷，她又走过了泉井，穿过净光明寺来到扇之谷。出了扇之谷，往右拐有岩船地藏，地藏堂前往右走便是龟之谷，径直走下去就会到达海藏寺。阿绀在通往海藏寺的途中往左拐，走向化妆坡。她这是要去化妆坡吗？又开始走山路了。男子总是保持着不远不近的距离，跟在阿绀的身后。

从源氏山山顶往左看，化妆坡弯弯曲曲地绵延着。阿绀最终抵达的是佐介之谷的隐里。算起来走了一个小时了吧，从八幡宫到佐介之谷，地图上看不过一里路，其实要爬好几个坡，步行必定是极其艰难。

　　隐里是指镰仓西北方向的一片山林，那儿有一个大山洞，洞内有四间[1]大，可以住人，里面还有清泉水往外流，俗称"洗钱水"。平日里没事的话，不会有谁到这里来。阿绀毫不犹豫地走进了山洞。前方已是无路可走，男子也尾随而至。

　　借着照进山洞里微亮的光线，阿绀与眼前这位男子四目相对。阿绀觉得这一切都在自己的计划之中。一路筋疲力尽地走来，她却感到内心的不安一扫而空，她想，一定是为了迎接眼前这位男子，自己才爬过一个又一个山坡来到这儿。阿绀觉得像是拨开云雾一般，猛然明白为何自己如此顽固地拒绝着亲人的说媒，原来一切一切都只是为了今日。阿绀释然了。一切妙不可言。阿绀的确感觉如此，这不是旁人能够说三道四的事了。

　　山洞里，男子自然而然地逼近了阿绀。阿绀没有发出声音，也没有抗拒。阿绀是个连生理自慰都不曾有过的地道的处女。本以为打开阿绀的花心会相当困难，却没料想她情欲亢奋，鱼儿不费吹灰之力找到了水源。虽是初次与男子交欢，阿绀的花心极为敏锐，饥渴地吞噬着男根，她不受控制地一下到达了高潮，花心仍紧紧地

　　1　间，日本尺贯制长度单位，一间约为1.818米。1891年（明治二十四年）决定使用，1958年（昭和三十三年）以后废止，不再作为法定单位。此处指山洞的面积为二间乘二间。

吸住男根。此时的男子竟变成了龙。当时阿绀还闭着双眼，只是像做梦般看到了金绿色的影子一闪而过。

据载，龙这种动物在做男女之事时必会显露真身。正如书中所言，那男子未能藏住真身而化成了龙，或是因为男根被吞噬的巨大快感淹没了意识，他不自觉地现了原形。显露龙形之后的男子，眨眼间又变回了人形。男子知道这个初次交欢的女子已抵达高潮，立即瞅准机会，从口袋里拿出一根金刚杵，把阿绀的脑袋割了下来。她的脸上还流露着满足的神态。

之后，镰仓便流传着这样的风言风语：桔梗屋家美貌的女儿到八幡宫参加秋祭会一去不归，遇上神隐[1]不知去向。

换了脑袋后的第二日清晨，阿驹醒了。她觉得脖子周围麻麻的，脸也是僵硬的，用手一摸，手上竟沾满了血。阿驹很吃惊，拿镜子照了照，发现自己换了一张脸！但阿驹并不为此感到一丝一毫的惊讶。阿驹的脑袋已不是阿驹的，而是阿绀的，只有脖子以下的身子还是阿驹自己的，因此，阿驹的意识和人格已经消亡了。据此，笔者认为往后可以称彦七的妻子为阿绀，而不是阿驹。

1　神隐，指孩子因天狗、山神等超自然力量作怪而失踪。

　　那么，发现自己在某日清晨醒来，竟突然来到一个陌生的家里，与一个陌生的丈夫一同生活，阿绀是否会感到惊奇？她也没有为此感到丝毫的惊讶。她一举一动仿佛自己已是彦七多年的妻子一般，表现得泰然自若。彦七反而惊慌失措。

　　"哎，好奇怪，我的脖子上竟然有血，这是怎么回事嘛。我总觉得哪里怪怪的。"

　　彦七慌了神，回答：

　　"是不是被虫子咬了？你要小心点。"

　　其实彦七昨晚送护法离开之后，对着妻子那张变得美若天仙的脸瞅直了眼，一宿都没有合眼。彦七当然知道眼前的脸是桔梗屋家小姐——阿绀的脸。对于阿绀，彦七岂止是知道！说来怪不好意思的，此事彦七从未对他人提过：晚上彦七与妻子同房之时，脑海里总会浮现出阿绀的脸，这样一来，软趴趴的男根亦会精神抖擞地勃起。单身时，彦七还曾多次写情书给阿绀。多么奇妙的因缘啊！即便眼前只是阿绀的脸，但能把朝思暮想的女子据为己有做自己的妻子，彦七已经是感慨万千，有种难以名状的感觉。更何况，阿绀起床后，对自己的妻子身份泰然自若，这简直让彦七心花怒放——当然，也会有些难为情。

　　阿绀对着镜子仔细端详自己的脸，发现头发上粘着闪闪发光的东西，用手取下一看：

"这是什么？从未见过这么大的鱼鳞。难道是龙的鳞片吗？哎，你也过来帮我瞧瞧呀。"

"嗯，这到底是什么呢？"

彦七支支吾吾地回答，他不可能不知道。阿绀不像在装傻充愣，她一本正经地思考着。看来，她已把昨日和小龙缠绵之事忘光了。龙也好，父母也好，娘家也好，在记忆里全然消失了。或许，她与小龙在山洞交欢时，体会到前所未有的快感，大脑一下发生了巨大的变化。交欢之前的记忆全部消失了，脑子里只剩那个与自己缠绵的男子。而她确信那个从八幡宫尾随至隐里的男子就是什么人变成的彦七的化身，还确信那人在彦七本人全然不知的情况下，化作彦七追得自己走投无路并和自己交欢。

不管怎样，阿绀如今身心彻彻底底地变成了彦七的妻子。两人过着琴瑟和鸣的日子，或许今后也不会有嫌隙发生在两人身上。彦七既得到了日思夜想的女子，阿绀也与自己难忘的初次交欢的男子生活在一起，可以说这是多么天造地设的一对。然而好景不长，数月后，两人心中产生了隔阂。

彦七虽然得到了自己心仪已久的女子的脸，可下半身却依旧是前妻的下半身，他日益感到不满。人的欲望总是无止境的。昔日的彦七对妻子以外的女子无从知晓，也不会去寻花问柳；可一旦妻子的脸换成了别人的，他就突发奇想地涌起要对别的女人的私处探个究竟的念头，而眼下，别的女人也正是阿绀。正因为阿绀貌美如花，彦七更渴望知道阿绀究竟有着怎样的私处，可是却无计可施。彦七感到自己很可笑，终日对着前妻的下半身，他觉得很没劲儿。而从前每隔三日必到家中做客的护法，如今却杳无音讯，真是倾诉无门了。

阿绀对此毫不知情。彦七更加沉溺于酒，丈夫不理会自己的冷漠态度，也让阿绀郁郁寡欢。夜里，阿绀与彦七在同一个被窝里背靠背地睡，做了个梦。小龙出现在梦里，它还钻进了阿绀的私处。其实，这私处也不是阿绀的，而是阿驹的，阿绀对此亦不知晓。但是当小龙钻进私处时，她回想起自己在山洞里曾经有过的快感，禁不住舒服得扭动起身子，还担心会不会吵醒了身旁的丈夫。次日清晨，阿绀对此忘得一干二净，更提不上背叛丈夫的心思了。

之后又过了一年。正当初夏，阿绀突然不明缘由地死了。死之前她生下一个巨蛋，或许正因为蛋过于巨大，阿绀生下后便死了。巨蛋和阿绀之死的前后因果关系，彦七已无从考究了。

彦七为她悄悄举行了葬礼，之后便把蛋放在了家里的桌子上。正当彦七束手无策之时，护法终于又出现了。和上次所见一样，他已经变成了老人，有一张如同猴子一般满是皱纹的脸，这就是护法。

"听说您夫人英年早逝，我特地过来悼念。"

"事出突然，我实在是一筹莫展。从今往后我可怎么办呢？"

"不要悲伤，一切皆是天命。实际上我也将不久于世，只因我活得太久，哪怕现在死去我也无憾了。"

彦七吃了一惊，没头没脑地问了一句：

"活得太久？乙护法您是活了有多久啊？"

"我跟师父兰溪道隆[1]一同从大宋来到日本，最初在镰仓常乐寺安身，那已经是五百五十年前的事了。那时我已经过了三百岁，数数我已经活了九百年咯。虽然我不是平知盛[2]，但心境和他是一样的，都看尽了世事。九百年也好，一瞬间也罢，在我看来并无差别。"

他无意中瞥见桌上的蛋，便充满爱怜地看着说：

"您务必要珍惜眼前这颗蛋。就算我不久于世，我也要用我的力量将它孵化。请您保重，今后我们不会再见了。"

---

1 兰溪道隆（1213年—1278年），南宋僧人。1246年东渡日本弘扬佛法，后于日本去世，得天皇谥大觉禅师之号。

2 平知盛（1152年—1185年），平安末期武将，在源平争夺天下的坛浦战役中投水自杀。死前曾经慨叹："呜呼，世事皆睹矣！"

护法留下谜一般的这番话，挥挥手转身离开了。

之后的彦七总是一副茫然若失的样子，工作也好学习也罢都不得要领，只是终日呆呆地望着桌上的巨蛋，无所事事地度日。正值杜鹃鸣叫的季节，雨下了又停，停了又下，天气阴阴沉沉。彦七在桌旁托着腮，无边无际地想着往事。三年前，自己因为朋友的玩笑而赌气，从泉之谷的十王堂背着护法木像到长之谷，之后又往回背。那时，自己多么年轻，老实得几乎到天真无邪的地步。是幸还是不幸？当日多亏护法，不但帮自己换掉五脏六腑，还帮忙换掉自己妻子的脸，而自己也变得滑头世故起来。许是遭了天谴吧。令人悲痛的是，妻子过世，自己独自苟活人间……彦七就这样漫无边际地左思右想着。

这时，天上有个角落突然响起了雷声，闪电划过天空，周围顿时一片黑暗，倾盆大雨哗啦啦地落下来。彦七心生狐疑往外望去，紫色的闪电径直劈向桌上的巨蛋，被闪电击中的巨蛋咕噜咕噜在桌上打滚。没过一会儿，又响起震耳欲聋的雷鸣声，巨蛋裂成了两块，一条小东西从中飞跃而出。是小龙。叫小龙仔是不是更准确些？彦七来不及看清楚，小龙仔已飞快地穿过房间，哧溜一下从走廊跳下院子，从眼前消失了。

时隔许久，彦七在《本草纲目》中读到这么一句："龙，卵生思抱。"彦七顿时恍然大悟。思抱不是将蛋抱入怀中孵化，而是隔开一段距离，凭一种念力将其孵化。彦七长叹了一口气，喃喃道：

"这小龙仔到底是我的孩子，还是护法的孩子呢？哎，不管是谁的，都由它去吧……"

鱼
鳞
记

《崎阳年年录》中说，文化[1]年间，在长崎桦岛町附近，一群自诩为上等人的家伙，常常聚在一起玩赌鱼（hesisuperu）的游戏。

　　在荷兰语里，hesi是鱼的意思，superu是游戏的意思。hesisuperu大概是和制荷兰语吧。肥前[2]的海域居住着一种青目狗母鱼，把这种鱼抓来放入玻璃槽中，再往里滴入一滴醋，这群鱼马上像发疯似的兴奋，身体像变色蜥蜴一般不断变化颜色并旋转移动，最后鱼鳞闪耀着彩虹般的七色光华，从水槽中向外跃出。观赏这样的奇景并以此为乐的游戏，称为赌鱼。如此说来也没什么大不了的，但游戏的规则是，在大水槽中放入几条青目狗母鱼，在座的观赏者各自选定自己的鱼，以跃出水槽最高最远

　　1　文化（1804年—1818年），光格、仁孝天皇时代的年号。
　　2　肥前，日本旧国名，相当于现在的佐贺县和除壹岐、对马之外的长崎县。

的鱼为胜。因为有这样的规定，赌鱼也就成了一种争胜负的游戏，只要争胜负必定会赌钱。可以说这是太平盛世下安乐平民们的游戏，要不是无聊到一定程度，谁能绞尽脑汁想出这种无聊至极的游戏呢？

顺便提一下，青目狗母鱼（torobotsi）这个鱼名虽被认为是肥前的土语，但也不等于说从未有人怀疑它乃荷兰语，这就是《崎阳年年录》作者的看法。

"想起来，那是五年前的事咯。那时我常造访贵府，我们这些个太平盛世的安乐平民聚集在你家，对赌鱼着迷得很啊。回京之后，我还常想起那时候的事呢。"

对主人西岛白蓉斋说这话的是画师藤木幽香，他仿佛在追念往事一般。时隔数年，他碰巧又来到曾游之地，受邀在故友家中做客。幽香大约四十岁上下，如鹤般消瘦。与幽香相对而坐的主人白蓉斋，脑袋已经秃顶，大腹便便，是一位荷兰通词[1]，比幽香年长一轮。

白蓉斋听到这话，回头看向坐在身后的妻子千代女，目光交汇那一瞬，他露出稍稍为难的神色，但还是若无其事地接道：

"哪儿的话，自你走后，我心中也有所顾念，不赌鱼了。"

---

1 通词，亦称通事。从事通译的人，特指江户幕府在长崎从事通译或贸易事务的官员，分为荷兰通词和唐通事两种。

"哎？你那么喜欢赌鱼，究竟是怎么想的？"

白蓉斋苦笑道：

"哎，想想那也是杀生的游戏啊。玩弄活生生的鱼，虽没有亲手断送它们的性命，但折腾到筋疲力尽的地步。人常说'杀生八损，赏杀生十损'，我想赌鱼才是名副其实十损的行径。一想到这个，就寝食难安。那样的游戏，还是断绝为妙。我如今已不再赌鱼，而一心一意地养鸟，那才是不涂炭生灵的行为。"

白蓉斋似乎不愿过多提及这件事，幽香便识趣地住了嘴，不再涉及这个话题。赌鱼这个事便顺其自然地过去了。不聊赌鱼，阔别五年之久的这两人却也没什么话题了。

这时，白蓉斋的两个孩子进屋问候。从白蓉斋的年纪来看，这两个孩子十分年幼，一个男孩一个女孩。女孩单手提着一个大大的鸟笼，幽香想，这也许就是白蓉斋刚刚提到的养鸟了吧。

"叔叔，您好，久违了。"

"啊，就一会儿不见，已经长这么大啦。那个时候明明还那样小。今年几岁了？"

男孩草草回了一句：

"nehen[1]。"

瞬间，幽香有些吃惊，脑袋里飞快地把荷兰语翻译成和语。

"呃……嗯……那应该是九岁吧？"幽香努力去接上男孩的话。

五年前，幽香就知道西岛家连孩子也能够自如地说荷兰语，然而如今再次造访，幽香还是不得不吃惊，甚至惊呆了。

幽香出生在贺茂神社的祀官[2]家，幼时就开始喜欢绘画，长大之后依旧坚持在东京学习大和绘[3]。这段时间，他了解到西洋画有不容忽视的地位，于是过了三十而立的年纪，还迫不及待地来到长崎游学，只为了学习铜版画的技法。也就是那个时候，幽香和白蓉斋相识了。西岛白蓉斋一方面直接受到老前辈吉雄耕牛[4]的熏陶，一方面又极为舒服地担任世代相承的荷兰通词职位，那个时候他就已经是那群流连长崎、自诩上等人之辈的头头了。从荷兰语的入门，到丸山[5]游客的应知事项，总

1　nehen，和制荷兰语，九岁的意思。

2　祀官，即神官。

3　大和绘，指相对于以中国风土人情为主题的唐绘而言，描绘日本风景、风俗的绘画。

4　吉雄耕牛（1724年—1800年），荷兰通词，兰学学者，长崎人。研究荷兰医学，有多种译著。

5　丸山，为长崎一处曾有许多妓馆的地方，近世曾与江户的吉原、京都的岛原、大阪的新町并称。

之幽香在长崎滞留的日子，既受到白蓉斋的照顾，又仰仗了白蓉斋的指点。正因他们之间这种要好的关系，听到西岛家孩子说出 nehen 之类荷兰语本不该大惊小怪的，但幽香确实有种被攻其不备的感觉。这大概是五年没见的缘故吧。

幽香不由得感慨万分。那个年仅七岁的小女孩把手中的鸟笼放在他面前。

"瞧，叔叔您看，这是多么罕见的 hogeru（鸟）啊。您知道这种 hogeru 叫什么吗？"

幽香看向鸟笼，那是一种全身碧绿、只有胸前和尾巴的羽毛上有红色斑点的小鸟。两只鸟都用爪子从栖息的树上垂吊下来，正倒立着睡觉。虽只是小鸟，但它们平静地倒挂在树枝上睡觉的样子多么奇妙，多么与众不同。幽香是花鸟画师，更感到格外好奇，便凑近身子目不转睛地观察。

孩子们都乐了，一边哈哈大笑一边说：

"叔叔您肯定不知道吧？若是不懂就直说，我们会教您的。"

母亲千代女挥手责备这两个正在撒欢儿的孩子：

"这是怎么了？一点礼貌都没有，这么吵吵闹闹像什么话。你们的叔叔刚从京都来，久别数年刚刚到我们家呢。"

白蓉斋眯缝着眼睛，一口一口地抽着长烟管，一会儿才发话：

"我可不是要学孩子们说话，藤木老弟，这种鸟确实很罕见。如你所见，它有倒立睡觉的习性。最近由红毛船[1]运来的，据说是产于亚妈港吕宋以南的群岛上，叫作'砂糖鸟'。那么砂糖鸟用荷兰语怎么说呢？"

话音刚落，孩子们便异口同声地说：

"叫 paruketi，叫 paruketi！"

白蓉斋如今更没有一点被孩子们惹烦的样子，更加眯缝着眼：

"说得对，是叫 paruketi。真是我的乖儿子乖女儿，记得真牢，不错不错。"

然后他又看向幽香：

"事实上，我十分中意这种砂糖鸟。我也总喜欢用乖僻的眼光打量这个世界，却从未颠倒着看过这个世界。我虽然能随心所欲地使用荷兰语，却比不得这鸟的奇特癖好。曾经有个叫居维叶的人说，在地球的相反一边，居住着名为对蹠人的种族，他们在大地上倒挂着。总而言之，这种鸟应该也是鸟群中的对蹠人吧！颠倒着去看世界，就能看到平日里看不见的东西吧。于我而言，我

---

1 红毛船，为江户时代荷兰船只的俗称，也指幕府时代的其他外国船只。

更想知道的是，颠倒睡觉的鸟儿，究竟会做什么样的梦呢。这种鸟的梦里，莫非能映现那些我们的思想无法接触的世界秘密？我无论如何都想知道。哈，胡说八道些东西，请不要见笑。"

这天晚上，藤木幽香在孩子们的带领下，住进了西岛家二楼的一间房间。从房间的走廊，可以隐约看见港口若有若无的灯光。西岛家所处的位置的确景致颇佳。

不愧是吉雄耕牛的弟子，白蓉斋家中无论哪个房间都铺着厚厚的绒毯。尤其是幽香所住房间的侧柜，荷兰舶来的罕见器物紧紧挨挨地摆放着，从望远镜、浑天仪，到雕花的瓷盖、象牙的雕刻、闪闪发亮的外科器具等乍眼一看都不知道什么用途的东西，杂乱地堆着。在幽香的记忆里，这个房间的里面曾挖空墙壁，安放着一座类似暖炉的佛龛，就在那儿为了赌鱼而庄重地放置了大大的水槽，如今已被灰泥浆封上加固，为了不引人注目，又挂了戈布兰双面挂毯，挂毯从墙壁上安静地垂落下来。

许是这一路旅途奔波，让人筋疲力尽，幽香躺在缎子被褥上，一会儿便睡着了，还做了一个梦。

在梦里，幽香变成了砂糖鸟。不，他本来没打算变成这种鸟，只是仰头看着挂在高高树枝上的自己，下面一大群孩子吵吵嚷嚷地大声喊着"paruketi！paruketi！"，所以就想既然如此，就不得不像这种鸟了，竟不可思议地有了去迎合那群孩子们的想法。于是幽香果断地用双脚抓住树枝从上面垂吊下来，成功地悬空倒挂。"怎么样，我很棒吧！"就这样开始得意洋洋起来。然而一直保持倒挂，不一会儿血液就开始往下冲，脑子进入充血状态。幽香不禁叫苦不迭，别说模仿砂糖鸟的样子了，现在什么都顾不上，"哇——"的一声叫了出来，梦醒了。

幽香打开枕边的灯，从被子里坐起来。"啊，原来是梦啊。"他松了一口气，安心下来。这时，隔扇门被静静地打开，一个少女走入房中。

那少女浓浓的眉毛，看上去很是伶俐，大约十二岁左右。她梳着垂髻，肩膀瘦弱，穿了一件居家的铭仙[1]。

当看到少女的脸时，幽香的记忆似乎一下子苏醒了。为什么到现在都还没有记起她？自己想来也觉得不可思议。由良，白蓉斋的长女由良。那不就是由良吗？

白蓉斋有三个孩子，最大的那个女孩子便是由良。白天的时候，小的两个孩子一起来问候了，只有由良没有来。幽香居然一点儿也没觉得奇怪，也并没有询问白蓉斋。究竟为何，居然把由良忘得一干二净？

没有和弟弟妹妹一同来问候，也许是去了某个亲戚

1　铭仙，指铭仙绸。平织丝物的一种，通常经线多用绢丝，纬线多用双宫丝。因为既结实又便宜，故用于普通女装和被褥料子等。

家，或者是学习稽古事[1]碰巧外出的缘故吧？然后，她又因为没来问候而过意不去，所以虽为时已晚，也要特意深夜来自己的房间问候？还是说，这根本就是刚才那个梦的延续？幽香一时在脑海中左思右想，不由得招呼那个少女：

"这不是由良吗？好久不见咯。这五年你一点都没有变呢。"

然而，那少女并没有回答他，甚至看也没看他一眼，一副完全无视幽香存在的神情。少女徐徐地走上绒毯，又突然在房间最里面那个被灰泥浆封上加固、有佛龛痕迹的墙壁前停了下来，把一只手放在戈布兰挂毯上，一会儿又转过身来，从一脸茫然、呆呆望着她的幽香眼前走过，静静地走出了房间。走出房间的那一刻，她自己还好好地关上了隔扇门。从少女走入房间到走出房间，不过是短短一分钟的时间，然而幽香却觉得那一分钟长得可怕。

微弱的灯光，显得房间昏昏暗暗，房间里的东西明明显得模模糊糊，只有那少女周身明亮得诡异。幽香觉得，他甚至能够清清楚楚地看到铭仙衣上的箭羽碎纹。直到天亮，他一直被不可置信的感觉困扰，无法入眠。

---

1 稽古事，即技艺，日本指净琉璃、长呗和舞蹈等演艺。

翌日，幽香仍然在犹疑不决，想该不该将昨晚之事告诉白蓉斋。幽香觉得，昨晚看到的那个少女形象太过于鲜明强烈，他无法将那当成是一个虚无的幻影。就算只是幻影，他确曾知道、在他记忆里也确实记得白蓉斋家的长女存在过，这总归不能否认吧。他离开之后，由良怎么了？为什么在昨天早上，她没有和弟弟妹妹一同来问候？仅凭这两点，也足以向白蓉斋询问由良的事了吧。

幽香尽可能用若无其事的口吻，一边笑一边开口说：

"是不是昨天你说的话让我印象太深刻了，昨晚，我梦见自己变成 paruketi 了。"

"哦？那真是令人羡慕啊，我平素总想做这样的梦，却一次也没有梦到过。那梦见自己颠倒过来，有什么有趣的发现吗？"

"哪里有，头往下颠倒着真是苦不堪言，绝对不是什么悠闲自在的梦，难受死了。不过，不知道是不是因为变成了 paruketi，居然还碰见你的大女儿由良。连我自己都搞不清那究竟是梦境还是现实，实在是惭愧得很，但是由良好像真的来过我的房间。"

话音刚落，白蓉斋的脸骤然阴沉下来。幽香很意外自己的一句话会让对方有如此大的反应，便悔恨自己这么轻率地发话了。

白蓉斋露出一时难以回答他的样子，过了一会儿，才用带着忧伤的口吻缓缓述说了由良的事。

　　"你回京都之后不久，大概是四年前吧，由良出事去世了。因此去你房间的那个孩子，已不是这世上之人。说实话，之前她也屡屡出现过，这件事在我们家成了一个忌讳。所以，请不要在我妻子面前说这事。因为我妻子总觉得，那孩子的死自己有一半的责任，所以直到现在，她仍不断痛心疾首地责备自己。"

　　"千代女她……"

　　"嗯，我当然知道这不是妻子的责任。但当时的事对她打击太大了，没有办法。"

　　白蓉斋详细陈述了女儿由良之死的原委。笔者认为与其直接引用他的话，不如间接陈述更为妥当。因此，在此切换时空，追溯到四年前的过去。

　　时间是四年前。

　　桦岛町的西岛白蓉斋家中热闹得好像赌场一般。连续几日，那些在长崎游手好闲的落魄兰学学者之类流氓文人，都聚集在这里，利用主人的宽容大度之便，沉迷于赌鱼的快乐中。那些已经无志于学问、又不愿厚颜无耻重归家乡的求学青年，在这里可以暂时忘却自己的薄志弱行，对他们而言，这里简直就是沙漠中的绿洲。前不久归京的藤木幽香，也曾是出入这里的年轻人中的一员，因他在这群人中稍微年长，家境也算优渥，所以在滞留长崎的日子，还一直得到主人的特别关照。

低矮的桌上放着一个玻璃水槽，圆桌旁围坐着四五个人，专心地盯着水槽中那四五条鱼。鱼鳞银光闪闪，鱼儿们好像被什么东西附身一般，在水里东窜西窜。于是，先前看到的银鳞，马上变成了金色，又变成了绯红色和红色，黄色、浅蓝色和碧绿色，青色、蓝色和绿色，瞬息万变，奇妙至极。过了一会儿，鱼兴奋到了极点，用尾鳍狠狠地拍打水面，纷纷扭动身躯向空中高高跳起，从水槽里一跃而出。鱼好像化成了一道七彩的光芒。这才是赌鱼的最高境界,看着的人也不知不觉沉醉其中了。

当然，也有一些没什么生气的鱼，辜负大家的期待，无法绚丽夺目地变化鱼鳞的颜色，或者是力量太弱不足以跃出水槽，赌鱼的时候，选到这种鱼是最倒霉的。所以，如何培养眼力，选到最生机勃勃的鱼，可以说是赢得赌鱼的关键。当鱼还在鱼篓里的时候，赌客一般就得选定自己的鱼。

一种说法是，为了使赌鱼时的鱼儿兴奋，往水里滴的不是醋，实际上是当时用于绘制铜版画、为幕府所禁止的强水（即今天的硝酸）。所谓醋，只是为了掩人耳目所做的表面伪装罢了。然而，《崎阳年年录》作者的这个说法也很难让人相信。

话说有一天，人们像往常一样聚集到白蓉斋家中，摆放起看赌鱼用的座椅。这时，两个小孩哧溜一下闯了进来，那是白蓉斋的女儿由良和一个年龄相仿的男孩。白蓉斋素来不喜孩子们占着赌鱼的座位，甚至禁止孩子们看赌鱼，那天白蓉斋大概因为去出岛 [1] 的会所工作，不在家里。

两个孩子一本正经地坐在西洋式椅子上，在大人身后饶有兴致地看着玻璃水槽中鱼群发疯一般左右游窜。由良在这里就不用介绍了，还是介绍一下同由良一起看鱼的那个男孩吧。虽然谁也不知道这个男孩是从哪儿来的，但是他常常突然到白蓉斋家里来玩。因他着装体面，又十分可爱，便让他进了家门。问他的姓名，只说叫十一郎，却不说姓。问他家在何处，他回答说在油屋町。虽不怎么说话，但却表现得很亲昵。这个男孩不知从何时开始，变得与由良十分要好。只是看到他和由良两个人亲密玩耍的样子，他就已经被默许在白蓉斋家出入自如了。

但是，只有千代女看到十一郎到家里玩耍时，总会皱起眉头。这是因为那时白蓉斋在油屋町暗蓄妾室，千

---

1 出岛，长崎市地名，1645 年为收容葡萄牙商人而建的扇形人工岛，禁止葡萄牙船到来后，成为荷兰人居住地，是锁国时代唯一的外贸地。1903 年（明治三十六年）附近的海被填埋，与市区连接起来。

代女怀疑那十一郎便是丈夫和小妾之子。明明事实并非如此，许是女子都多少有些臆想，但千代女对自己的臆想一直坚信不移。

一场激烈的赌鱼后，在大家休息之际，一个玩得正欢的小伙子转过头来，对由良半开玩笑地说：

"由良，你要不要来赌一把？"

"好啊。"

由良毫不胆怯地加入赌鱼游戏，众人简直目瞪口呆。本来看她是小孩就小看她，却发现他们大错特错了。只要是由良从鱼篓里选中的鱼，到水槽后条条都精力充沛，好像因过于充沛的力量而扭动身子，跳出水面格外高。而且，跃出水面的鱼好像被由良的魔力吸引一般，在空中划了一道长长的弧线，最后不偏不倚地直直跃向由良，并且屡试不爽。那百分之百的命中率，在场众人也只得目瞪口呆。

"真是令人吃惊，那鱼真是朝着由良飞去的。好像由良小姐有被鱼喜欢的特质呢。"

"难不成她是龙宫仙女转世？"

"由良小姐未来的夫婿，非鱼莫属了。"

虽不宜在孩子们面前讲如此粗鄙下流的笑话，但在场的众人又好像十分不甘心似的，每个人都随心所欲地畅谈起来。

这时候，在一旁观看的十一郎突然伸出手来，抢过刚刚从水槽跃出、落在由良面前的那条鱼，一下把它放在嘴里，一口咬了下去，众人又一次惊呆了。十一郎好像咬到什么硬硬的东西，咔嚓一下门牙折断了，断牙咕噜咕噜地在桌上直滚。与此同时，十一郎从沾满鲜血的嘴里呸地吐出一个东西。那是一个小小的铁球，一定是十一郎用牙齿在鱼体内咬到、含在嘴里的东西。吐出之后，十一郎咧开满是鲜血的嘴，冷冷地笑了。

后来经白蓉斋确认，这个球很小，像是栏杆柱子或是灯笼铁片上附着的小珠子，可以说像白色的葱花。凑巧的是，在被由良选中跳出水槽的那四条鱼体内，都先后发现了一个这样的小球。

无论如何，这个突发事件就像是谜一样，人们对其不明缘由。看见十一郎一口咬下鱼，从嘴中吐出小球，由良好像很生气，不高兴地走了。这之后，十一郎也不见了踪影，只剩下那帮年轻人。这件事情本身倒没什么不吉利，但趁着主人不在家的时候，把孩子牵扯进赌鱼，还出了这样离奇的事，大家怕担这么大的责任，都早早地离开了西岛家。

因为来赌鱼的人个个缄口不言，几天过去了，白蓉斋仍对此事一无所知，像往常一样兴高采烈地招呼出入的年轻人。可是有一天，一个冒失鬼终于说漏了嘴，白蓉斋只记得自己转眼便怒气涌上心头。是什么让白蓉斋如此生气？不用说，一是因为自己的孩子触犯自己定下的禁忌出手赌鱼；但比起这个，更让他生气的是，他认为由良受十一郎挑唆，对自己有所隐瞒。即便是宽宏大度如白蓉斋，也容忍不了欺骗和隐瞒。但具体的情况连他自己也没搞清楚。在鱼体内发现的小球，究竟意味着什么？虽然他很委婉地问过由良，得到的却是由良满不在乎的一句"不知道"，根本问不出个所以然。十一郎在那之后也突然不见了踪影。这些都使白蓉斋渐渐淡忘了此事，然而就在这时，他却在家门外与十一郎不期而遇。

那是午后太阳快落山的时候，白蓉斋走出油屋町的妾宅，从道路旁的草丛里传来一个孩子的声音：

"叔叔这是要去哪里？"

白蓉斋回头一看，是十一郎。虽说对方是孩子，但毕竟刚从妾宅出来，总有种被别人抓住把柄的感觉，白蓉斋一时倒张口结舌了。如果往坏处想，他是不是专程在这里看着自己的？然而，孩子好像忘了刚刚问过的问题一般，继续说道：

"叔叔，告诉你一件事。"

"嗯。"

"由良是个狡猾的孩子。"

平时一直沉默的孩子，说这么让人感到意外的话，白蓉斋的内心充满疑虑：

"嗯？为什么这么说？"

"叔叔的家里，不是有从荷兰运来的磁石吗？由良想用那个来吸引水槽中的鱼。"

"什么？"

"我没有说谎哦。前段日子赌鱼的时候，谁也没有注意到，由良偷偷把磁石藏在围裙里。那群人都是有眼无珠的家伙。还有，让鱼把小铁球吃到肚子里，也是由良干的。"

"怎么可能？"

"这是真的哦。因为那群鱼很贪吃，凡是投入养鱼池的东西，都不加分辨地吞进肚子里。无论是铁还是什么都无所谓。"

"嗯——"

话还没听完两句，白蓉斋便陷入了沉思，半信半疑地想：究竟磁石能否吸引那些鱼呢？从前白蓉斋在难波新地游玩的时候，在有名的静电杂耍场里，看到过纸做的小人被静电吸附而跳舞的场面。可是，他很难相信，铁球和磁石也可以这般相互吸引，毕竟铁球也是小有重量的，并且鱼吃了铁球还依然活蹦乱跳。最重要的是，那磁石真有这么强的吸引力吗？还有铁球也是，真的能轻易被磁石吸过去吗？

　　白蓉斋一边目不转睛地看着那孩子的眼睛，一边平复自己不安的心情，问道：

　　"那铁球是从哪儿弄来的？"

　　十一郎一副厚颜无耻的样子，吃吃地笑了：

　　"那可是从叔叔家二楼的床头钟上取下来的哦。你回家一看便知。四方形的时钟不是有像屋顶一样的四个角吗？还被葱花一样的小球装饰着。就是把那个取下来的啊。因为是螺丝，用手就可以很轻松地拧下来了。"

　　"是你干的吗？"

　　"不是我干的，是由良哦。我只是在一旁看着罢了。"

　　"看到了，不阻止她吗？"

　　"阻止她？哪里阻止得了。由良很着迷，看到磁石能够吸引铁，她一直很想尝试一下磁石的威力。但为什么会如此着迷，我就不知道了。"

　　再次沉默下来。白蓉斋还想问，但是连他自己都觉得问得好笑：

　　"冒昧问一下，你为什么常来我家玩呢？"

　　"简单说吧，就因为我喜欢由良，没有别的理由。就好像鱼被磁石吸引一样。叔叔你不也是因为同样的理由，才经常来油屋町的吗？不过，现在我对女人已经深感厌恶了。"

　　说完这话，十一郎迅速背过身，转眼离去了。白蓉斋很想说"等等，你究竟是哪里的孩子"，却又生生把这话咽回了喉咙。因为最后面向自己的十一郎正好沐浴在夕阳的逆光里，那张脸和西洋书籍插画里的小恶魔长得一模一样。

一副受了致命打击的样子，白蓉斋步履沉重地向家里走去。烦躁、气恼却又无可奈何，就仿佛刚刚旁观了在异界上演的一出戏剧一般。

一回到家，白蓉斋什么也没说，径直上了二楼，仔细检查那个西班牙产的床头钟。就像十一郎说的那样，装饰用的那四个小球都不见了，只剩下一个个小坑。然后，白蓉斋打开桌子的抽屉，努力寻找红毛船船长给的那块磁石。他近乎祈祷地想着："如果还在就好了。"不幸的是,那块磁石也不见了。"难道一切真如他所说？"白蓉斋被重重地击垮了。

白蓉斋不打算亲自严厉责问女儿。在他记忆中，自己也从未严厉责问过她。一番苦思冥想之后，便有了把这个恼人差事交给妻子的想法，一切只是顺其自然，绝无他意。更何况，千代女并不是歇斯底里的人，不易被感情冲昏头脑，因此就算女儿做得不对，也不会无理地去责骂女儿，白蓉斋比较放心。

然而，即使面对母亲的诘问，由良也顽固地坚持说，自己对磁石一事毫不知情。磁石丢失了也不是自己的错。难道就不是家里进贼了？更何况，自己从没有想过要用磁石去吸引鱼。这种事情怎么可能做得到？不是痴人说梦吗？你想那天我是第一次看赌鱼，很明显我没有工夫去弄什么铁球啊。到最后反倒是由良反过来逼问：

"究竟是谁捏造了这些子虚乌有的事，跟妈妈您打小报告的？"

千代女觉得说出十一郎的名字那么别扭，因此随口说了句：

"谁说的难道不一样吗？你自己问心无愧不就好了吗？"

"不，不一样。那个跟妈妈打小报告的人是谁？我无论如何也要知道。"

母亲为难地说：

"是十一郎。"

"十一郎对母亲您说了这些话？"

"不是对我说的，是对你父亲。就在前几天，你父亲偶然在路上碰见了他。"

由良深受打击，沉默了半天。她眼神怪异地说：

"您在说谎。十一郎不会说那样的话。您在说谎。"

"那么，你就不相信你父亲说的话了？"

由良没有回答，这次她直直地顶撞母亲：

"我知道妈妈您不喜欢十一郎。但因为这个要我相信十一郎打了小报告，是不可能的。"

"你就这么相信十一郎吗？"

"不，我一点也不信任他。只是，十一郎应该是喜欢我的。打自己喜欢的人的小报告，可能吗？"

由良的逻辑从来都是以自我为中心，母亲本就一筹莫展，如今只觉得越发无可奈何。由良突然哭着离开座位，甩开追她的母亲的手，冲进卧室，一头钻进被窝里。父母不知所措，想着也许睡一觉，第二天早上女儿就会冷静下来吧。

然而，由良的啜泣一点儿也没有停止，夜深后反而越来越严重。随后，由良开始全身痉挛，不久便失去了意识。父亲和母亲眼睁睁地看着她像弓一般身体后仰，十二岁的少女就这样脆弱地死去了。

父母的悲伤就不用说了。自那以后，母亲急剧消瘦下去。心里一直因对女儿的不当呵斥而自我谴责，这种情绪挥之不去，就这样日日夜夜折磨着母亲。而白蓉斋的内心也一样后悔。为什么？如今想来十一郎的告密毫无证据，谁也无法断定女儿真的把磁石从父亲的抽屉里偷走，然后取下时钟上的铁球，又让鱼吞下它们。父母都深深地醒悟过来，他们都还未弄清由良是不是真的犯下该受责备的错误。就因为一个可疑男孩的只言片语，让他们付出了失去女儿性命的重大代价。

听完白蓉斋长长的陈白，藤木幽香也愣了好一会儿，什么话也说不出来。之后好像想起什么似的，那双画师特有的双眼开始炯炯发光。原来幽香的脑中清清楚楚地浮现出昨晚来到自己房间的少女的举止。

"西岛先生，您刚才说，发现了被鱼吞进去的铁球。这些个铁球现在还在贵府吗？"

"在的，用螺丝又安装回去了，床头钟现在还在用。要我去隔壁房间拿一个过来吗？"

"请您务必拿过来。因为我突然想起一些事情。"

手中拿着铁球，幽香请白蓉斋一道去了二楼昨晚自己落脚的房间，那个少女亡灵出现的房间。他把铁球轻轻地放在手掌上，轻轻打开隔扇门，像少女昨晚所做的一样，轻轻地走上了绒毯，又直直地向房间内壁靠近。

走到离墙壁只有半间距离的时候，幽香手中的铁球突然飞向空中，被直直吸走，牢牢地贴在墙上的戈布兰双面挂毯上。幽香和白蓉斋都倒吸了一口凉气，不约而同地你看我、我看你。

"这面墙壁是？"

"你也知道，这里之前是佛龛，由良死后用灰泥浆涂上封起来了。因为不再赌鱼，水槽也就没有必要放在那里了。"

白蓉斋的声音颤抖着。

"昨夜我亲眼看到由良用手碰那挂毯的。您也说过由良之前出现过几次，都是这样做的？"

"是的，总是用手去摸挂毯。"

"那您就从没有想过拆开墙壁来一探究竟？"

"哪里能想到那里去？"

"那如果您不介意，我们把这墙壁凿开来看看？"

"嗯，当然可以。"

在墙壁上开洞之后，用手在洞里摸索，正好在少女用手碰过的地方，发现了被封在里面的一块马蹄形磁石。虽然满是灰尘，锈迹斑斑，但这确实是白蓉斋眼熟的那块荷兰人赠予的磁石。

白蓉斋百思不得其解：

"藤木老弟，我又不明白了。为什么磁石会被封在这种地方？是由良藏在里面的吗？不对呀，这墙明明是由良死后才封上的啊。"

幽香斜视着苦思冥想的白蓉斋，讽刺地回答：

"先不管这是不是由良藏起来的，但可以肯定的是，由良的亡灵想告诉我们磁石所在的地方。在我们发现磁石以前，由良即使死了也无法安息，不是吗？但让我更在意的是那个叫十一郎的孩子。西岛先生，这之后您还在哪里见过十一郎吗？"

　　白蓉斋的脸上立刻露出恐怖的表情，一副马上就要晕倒的样子，睁大了眼睛：

　　"太荒唐了，第二次见面吗？即便现在想来，和那孩子见面还是恶梦一样，简直不像现实。藤木老弟，请你不要再吓我了。"

　　两人说话的房间桌子上，放着刚刚找到的磁石和铁球。它们紧紧地贴在一块，好像再也不能把它们分开。不知道是不是错觉，幽香总是把它们看成是那两个孩子的灵魂。

　　最后再补充提一下，墙壁里的那块磁石被发现以后，据说白蓉斋女儿的亡灵便再没有在家里出现过。

花
妖
记

在京都战乱中冲锋陷阵的西国四州守护——大内左京大夫政弘，厌倦了长年的战争而投降。之后，濑户内海一带得以再次恢复往日的繁荣。备后的鞆津很早以前就是有名的待潮待风的港口，一日，一艘满载舶来品、来自博多的船只停靠在此。卸货的人啦，上岸的人啦，接船的人啦，一时间挤满码头。没过多久，拥挤的人群又向左右一下子散尽，此后，一名背着沉甸甸货箱、戴着蓑笠、四十岁上下的男子，才似乎避人耳目一般，从码头快速向城里方向走去。这名男子，伙伴们都叫他走私贩子五郎八，是个相当难搞的家伙。

五郎八背上的货箱装得满满的，都是当时随处能卖出好价钱的舶来品，也就是从大明船运而来的金丝锦缎、花瓶、茶杯，还有雕漆类工艺品。这些都是用非法手段弄到手的，五郎八盘算着尽快拿到城里卖掉，要是在鞆町卖不完，就沿着海边向北走两里路，拿到芦田川边上的草户千轩去卖。草户千轩乃西光山理智院常福寺的门前街[1]，热闹繁华，大街两旁有成排成排的商铺，商人从早到晚都在吆喝叫卖，有大唐的瓷器、纺织品，堆积如山，数不胜数。在那儿卖的话哪有卖不掉的道理？哎呀，我来算算全卖掉的话能挣多少钱呢？五郎八一边走，一边贪婪地在心里盘算。湛蓝的天空下，几只秋天的蜻蜓在海面上互相追逐。

当五郎八来到沼名前神社的石阶前时，一名醉得东倒西歪的年轻男子摇摇晃晃地从对面走来，侧身走过时差点被五郎八撞到了。五郎八背上背的可都是换钱的陶瓷器皿，要是摔倒了岂不全都泡汤？他躲过了，怒视着对方正想臭骂一句"看着点，蠢货"，可一看到对方的穿着打扮，硬是把到嘴边的话吞了回去。年轻男子穿得虽然像个商人，可在像绳子般层层缠绕的腰带里插着一柄黑鞘的短刀，俨然一副武士的装扮。

"你，卖的是大唐的东西吗？我要买！"

男子一边吐着酒气一边靠过来。乍看之下这男子还非常年轻稚嫩，呆板的下巴上稀稀疏疏地长着几根胡子，手里还提着个酒葫芦。他嘴上狂妄地喊着"我要买"，

---

1 门前街，指中世末期以后在寺院门前形成的街。

五郎八自然不信他。大白天的就喝酒，还东倒西歪地在港口一带到处溜达玩耍的年轻人，怎么可能有钱买这种无用的奢侈品？诚然他的举止有稳重的地方，出身似乎不坏。但同酒气一样，年轻人脸上还有与年龄不相称的东西，那就是他掩盖不住的粗鲁。搞不好的话可能会挨揍，哎，被难缠的家伙缠住了，五郎八想。他打算不理这人继续往前走，这时那年轻人说：

"喂喂，不至于吧？让我看看箱子里的东西！"

话说到这份上，不能再装聋作哑了，五郎八只好停住脚步，把箱子放到路边。时间宝贵，就随便应付一下吧，想办法尽快抽身，反正也是个只看不买的看客。一想到对方买不起正经昂贵的东西，五郎八就随便从箱子里拿出小青花瓷砚台、玉香炉什么的，摆出来给他看。年轻人微微弯腰，仔细端详。当看到对方略带着孩子气的侧脸时，五郎八心底一下冒出恶作剧的念头，就像要戏弄那些摆出大人模样装腔作势的小和尚般的心情。五郎八默默将装在裹着锦缎桐木盒子里的稀奇玩意儿摆在年轻人眼前。

"这是什么？"

"那东西叫缅铃。"

"缅铃？没听说过。"

"没听说过是正常的。这可是世上少见的宝石，就算偶尔有卖，十有八九也会先流到京都的公卿手里去。甚至还有过这样的笑话，说有个手头拮据的公卿大人实在想要得不行，就狠心偷偷卖掉女儿，来得到这宝石。这可是我们这些底下人很少能看到的珍品。"

"是吗？这东西好是好，但就这么块石头能用来干什么？"

问得可真幼稚，五郎八听了年轻人的话，脸上隐约露出讽刺的笑容。那是可憎的中年男人才有的笑，明显是看不起这个性知识和经验都缺乏的年轻人。这时，五郎八才意识到，比起对方，自己是稍稍处于优势的人。

桐木小盒子里装的缅铃到底是什么东西？笔者简单概括五郎八的说明，表述如下：缅铃就是一种看着比鸡蛋稍微小点儿的蛋状的白色玉石，有的有象牙般的奶白色条纹，也有的有血管一样往外突出的东西，种类还很多；这东西之所以叫缅铃，是因为它主要产自大唐南边边境的缅甸（也就是现在的缅甸国），勉强算是一种矿石；它确实是块奇妙的玉石，只要一接触到人的体温和湿气，就像活过来一样径自动个不停，因此如果把它放入女人的下身，那快感可远远胜过与男人交合，无论是多么洁身自好、拘谨严肃的女人，不到一刻钟都会忍不住呻吟高潮。

年轻人一边坐在神社前的石阶上喝酒，一边听着五郎八讲解说明，听完忍不住哈哈大笑。

"哈哈哈，真好笑啊，这东西能信吗？充其量只是块石头而已嘛。"

五郎八顿时怒上心头，心想：这可恨的家伙！不过，他还是摆出年长的架势，以一副游刃有余的态度说道：

"虽然您说它充其量只是块石头，但正因为它效力显著，所以不仅仅在大唐朝，在日本也一样受到王公贵人的珍视。您不信，我估计大概是因为您还年轻。要让我这种阅女无数的男人来说，世上没有哪个女人通过这块缅铃享受不到快感的。"

"也许有这样的女人吧，当然，也有不这样的女人。总的来说，也就是这么回事而已。"

"不，您错了。女人就是女人，都一样。"

"那么，你是相信世上任何一个女人都能从这小石头里获得快感咯？没有例外，每个女人都抵抗不住这石头的威力，是吗？"

"正是如此。"五郎八有点赌气地说。

年轻人却接二连三地继续问：

"你有什么证据吗？"

"您要问我证据还真不好说。我这人吃喝嫖赌也二十年了，这经验算证据了吧？"

年轻男子不屑地吐了一口痰：

"经验经验，我最讨厌那些把自己经验当宝的人。什么是经验？一次强你千百次的才叫经验。用数量来充什么经验，信不过。"

"哦？那您是说，您年纪轻轻就有胜过千百次的一次经验咯？"

年轻人轻轻一笑，若无其事地岔开话题：

"话说，这石头卖多少钱？"

"价钱？还没定价哦。"

"你的意思是价格贵到无法定价？"

"是的。"

"那我们来打个赌怎么样？"

"呃……打赌？"

五郎八明显露出为难的样子。自己莫名其妙地和这个酩酊大醉的年轻人瞎聊，把重要的买卖忘得一干二净，到鞆町都有半个时辰了，一单生意还没做成呢。五郎八开始变得着急起来，年轻男子却毫不察觉地继续说：

"我跟你打赌，不是那种五贯钱十贯钱、黄金五两十两的赌，那种太没意思！我赌的是我的女人，你赌你的石头。我用我的女人来试你那石头的功效。我女人下边放了你的石头之后，身子有一丝一毫的扭动，那赌局算我输，我的女人送给你；反之，如果我赢了，石头就归我。怎么样？我还没跟你说过，我女人在这一带可是出了名的美人。"

五郎八越来越不知该如何应对：

"话虽如此，但我还从未听说过您的女人……"

"你刚刚还吹牛，说所有女人都一样！现在你又支支吾吾些什么？"

刚才明明醉得靠在石阶上起不来，现在说出来的话却逻辑清晰得很，五郎八哑口无言，一脸的不痛快。年轻人饶有兴致地看着他，继续说：

"如果你想知道关于我女人的事，也不是不能告诉你的。我很少和别人说她，但既然我决定和你打赌了，就不再藏着掖着。可不是我自夸哦，你可有兴趣听听我女人的故事？"

五郎八想，话已至此，买卖的事只能先放一边了，除了跟这个磨人精玩到底之外别无他法。这年轻人多少有些可恨，但瞎聊了这么久，五郎八对他并不反感，事实上已经产生了好奇心和兴趣，甚至是亲切感。

没办法，就听他说说关于他女人的事吧，让他过把瘾。于是，五郎八也在神社的石阶上坐了下来。

年轻人哑吧着醉得滑脱的舌头，过去的一幕幕仿佛浮现在眼前一般，开始讲起他女人的故事。

大约两年前，当时还是早春季节，我打算去三原的梅林赏梅，便带着便当和酒葫芦，独自一人一大早从家里出发了。从三原町往西一里路，有个叫山中村的村子，那可是能与和州的月之濑相提并论的好地方，那儿的大梅林里有着数以万计的梅树，开花时附近游客都蜂拥而来。在梅林里还有卖素面下酒的路旁茶棚。那天的天气格外晴朗，游客中不时还有人喝醉了。

我也是喝着酒，一边陶醉在漫山遍野的花香中，一边在明媚的花间漫步左右观看。不知不觉夜幕降临，太阳西下，晚风吹了起来，人群也向四面散去。待我回过神时，才发现只剩自己坐在花下沉吟。那时我刚好在寺院学儒学，想着作一首汉诗，便绞尽脑汁写了首拙劣的七绝诗来表达当日赏梅的感想。不好意思了，献上我当时的拙作：

> 不厌舟行长路艰，
> 寻芳尽日醉花间。
> 山风一阵天将暮，
> 恋着娇姿不忍还。

我把诗写在诗笺上，然后绑在手边的枝头上便离开了。那时天已经黑了，迟来的月亮升了起来，信步而行的我不知不觉竟走进了梅林深处，找不到回去的路。大概是走错路了吧，走来走去全是梅林，完全看不到人烟。我实在是累得走不动了，刚想停下来的时候，眼前突然出现一个提着灯笼的少女。年纪大概十二三岁吧，穿着白色和服，一副楚楚可怜的样子。她在我面前深深地低下头说：

"我家主人等待贵客多时了，请您务必移步到山庄一聚。"

我觉得有点可疑。我是第一次来三原，从未听说过这边有什么亲戚熟人。

"你家主人到底是谁呢？"

"这个您来了就知道了。我家主人是这样吩咐我的：'与次郎大人现在迷路了，你快去接他过来。'"

顺便说一下，我的名字就叫与次郎。少女的话让我愈发疑惑，但我还是顺从地跟在了少女身后。走了一会儿就看到有溪流，溪流旁建有一座带门庭的娴雅山庄。这一带梅树特别多，一路上梅花的香气简直让人喘不过气来。打开门后，发现还有另一个少女举着灯烛在迎接我们。让人吃惊的是，这个少女与之前那个长得一模一样，简直就像双胞胎，若不是衣服的颜色不同，根本就无法辨别。

越过两三道门槛后，我被带到了一个房间里，房间又暖又香。银制的烛台上烛光闪闪，明亮地照着画在屏风上的梅花。地板上铺着相当华丽的绒毯，该是南蛮[1]地方的东西。旁边书架上细致地装饰着几个花瓶，应该都是大唐的东西吧。我注意到门头匾额上写着"华胥窟"三个字，左右两边的竹联上刻着类似诗的东西，走近一看，只见上面写着"春窗一觉风流梦，却是同衾不得知"[2]。字是蜿蜒的瘦体字，看不出好坏，也不知出自何人之手，但诗应该就是李商隐的诗了。我正恍恍惚惚的时候，从屏风的另一边传来衣服摩擦的窸窣声，一个可说是美艳的女人走了进来，垂直的长发衬得身上的长袍愈发红艳。

　　一眼望去，她给人的感觉就像全身沐浴在水里一般舒服，她就是主人了吧。这女子还不到二十岁，细腻白嫩的肌肤上泛着淡淡的红光，玉雕般高贵美丽的眉眼格外引人注目，简直美得像不食人间烟火的仙女。红色的长袍上镶银的梅花散开来，与烛台上的灯光互相映照。月里的嫦娥差不多就这样吧。我看呆了。这时，女子嫣然一笑，开口说道：

　　"方才无意中蒙受公子的爱怜，感激不尽。能以微薄之意报答公子，实在不胜荣幸。"

　　1　南蛮，室町时代末期到江户时代指东南亚诸国，以及通过东南亚来到日本的西班牙人与葡萄牙人。
　　2　出自李商隐的《闺情》："红露花房白蜜脾，黄蜂紫蝶两参差。春窗一觉风流梦，却是同衾不得知。"

我当时惊讶不已：

"不知您指的是何事？"

"就在刚刚，我收到了您写在诗笺上的那首诗，十分感激。近日里我一直心情烦闷，唯有那首诗让我稍感安慰。我本生在和州，有幸受到从前的权门世家的恩宠，后来一直住在这座山庄里。没多久，恩宠我的人遗弃了这座山庄，我便寡居此处多年，时时与山水为伴，整日寂寞到天明。"

女人的话句句让我吃惊，不知如何回答，于是若无其事地坐了下来。女人继续说道：

"我想在此款待您，便叫了奴婢去把您请到寒舍来。这偏僻粗野之地，自然没有城里人爱喝的铭酒[1]，所幸我这儿珍藏了一壶花酿酒。就请您喝点解解闷也好。"

说完便命侍女去准备酒菜。很快侍女摆上了一套极其奢华的酒壶和杯子，然后熟练地斟酒。我本就爱喝酒的，所以也不记得自己喝了多少杯，醉得迷迷糊糊的，心里兴奋得都不知道自己在做什么。但我肯定地知道这不是梦，证据就是在那一夜的奇遇之后，我在同样的地方和这个女人又相逢了好几回。不过，故事还没进入主题。

女子的皮肤白皙，在喝过酒之后，双颊一下子被染

---

1 铭酒，指名牌的清酒。

红了，她不断发出咯咯的笑声，最初一本正经的样子已经消失，我们之间的气氛变得轻松愉快。所谓渐入佳境，就是指这种气氛了吧。我看到壁龛上摆放着一把琴，就频频表示希望对方能够弹奏一曲。女人不再推辞，开始轻轻和着旋律，一边弹琴一边低声吟唱。她的声音清脆干净，宛如金石发出的清脆声。琴声时而浩浩荡荡时而低声婉转，像拨开白云发出清角声，像巍峨的嵩山，又像汹涌的波涛。

正当我觉得酒宴差不多该结束时，已经过了二更。女子也喝了不少，醉得一塌糊涂。她开口说：

"天色已晚，若公子不嫌弃，就在此处住下吧。您睡在那边的房间如何？"

我谢过女主人的好意，由着侍女带我走出房间。临走时，我忍不住用半开玩笑的口吻对女子说：

"您独守空房很久了吧，这样春意绵绵的夜晚，难道不想与我鸳鸯偕鸣吗？"

女人笑了，回答：

"像公子您这样有学问的人，不要开这种玩笑。您这是要破坏寡妇守贞的决心吗？"

说完把手转过来，做出一副要打我脊背的模样。我也笑了：

"都说树有连理，就不容许梅花有两重？"

　　我独自躺在陈列着六曲屏风的睡房。短架灯上的灯光微弱地照着房间，金香炉静静地升起袅袅青烟。

　　当我快要睡着的时候，一个穿着白绫寝衣的女人出现了，她斜躺着悄无声息地钻进我的被窝，把嘴贴近我的耳旁，用颤抖的声音轻轻对我说：

　　"您的深情厚谊打动了我，我愿解开您孤鸳的怨恨。方才的话不是出自我的真心。"

　　这意外的惊喜让我一下没了睡意。我的心怦怦直跳，终于相拥在一起，共赴巫山云雨。

　　这只是开始，之后我又常常悄悄来到三原的梅林。每次来的时候都会迷路，每次迷路的时候少女都会出现，把我带到溪流边上的山庄。而那女子每次接待我时都会像初次同眠那般，楚楚动人又略带害羞地钻进我的被窝。交欢时，她从不发出声音，身体也没有丝毫动静。即便交欢多次都是如此，我感到奇怪。一天夜里，我不厌其烦地问起她，在交欢时是否同我一样体验到快感。女人不在乎地回答说："喜欢在雪里生长的我，天生缺乏享受性快感的资质。我只能体会到一种纯粹的快乐，那就是我对男人动情并取悦于他的快乐，这种快乐与带着满腔热情交欢的愉悦是一样的。"

　　佛说天人相交分五品，住在地上的地居天像人类一样通过交欢获得情感，住在地面以上空中的夜摩天通过相拥获得，兜率天通过两手相执获得，化乐天通过相视而笑获得，而他化自在天则是通过相望获得。我曾怀疑梅林中的女子许是天人一类，像她那般毫不在意自己肉身快乐的女人，与我之前所识的世俗女人完全不同。那女人的性情深深沁入我的心里，越了解她我便越发被吸引得不能自已。世俗的普通女人已完全不能让我兴奋了。如她这般不顾自己快乐、却只为愉悦男人的不感不动的女人，我长这么大可以说是打心底里爱恋她。

说了这么多，你只要了解，那就是我女人就可以了。

说完之后，这个叫与次郎的年轻人，露出一副很疲惫的样子，许是醉酒一下发作了吧。"啊啊，好累啊！"与次郎喃喃说着，就这样靠在石阶旁的大樟树上一下睡着了。刚刚一边说一边不停地喝酒，难怪现在醉成这样。五郎八听了这个不知真假的故事后，有点不耐烦，好在年轻人睡了，他赶紧背起箱子准备赶路。这时，只听有人说道：

"哟，与次郎又在这种地方睡着啦！真拿他没办法啊！"

大声说着走过来的是个皮肤黝黑、两鬓发白的男子，穿一截暗红色兜裆裤，一副水手模样。五郎八不由得停下脚步，问道：

"你认识这个人？"

那人像是才注意到五郎八一样，毫不客气地上下打量他：

"哦，我当然知道了，他可是松屋与兵卫的儿子，鞆町的人个个都知道。看来你只是路过这里的？"

"对，我刚从船上下来就被这个与次郎缠住了，不由分说对我讲了一大堆话。说什么在三原的梅林中遇到一个女人之类的。"

男子仰天大笑：

"他也跟你说了啊。这是他的老套子了，一喝酒抓到谁都说，真让人头痛。"

然后他蹑手蹑脚走近与次郎，发现他睡得连口水都流出来了。

"睡得可真沉！我就放心跟你说了吧。你是过路客，可能不知道，他可是鞆町数一数二有钱人的儿子。说到松屋与兵卫，谁都不知他手上有多少船，听说还和遥远的朝鲜、琉球做生意，是这一带很有势力的船主。大财主与兵卫的捐赠中，光是最近在鞆町重建的寺院，就不知有多少。"

"是啊，说到松屋与兵卫，生长在镇西的我也有所耳闻。"

"是吧，与兵卫的二儿子就是这个家伙了。"

"是吗？我只当他是个武士的儿子。"

"要说是武士，他的身板哪里像。但之前的与次郎大人，可不像今天这样成日喝得醉醺醺的。他生在那样富有的家庭，性格坦率，有着与外表不相称的胆量，几年前还帮他父亲做事，负责在码头监督脾气粗暴的搬运工。我也不懂啦，不过听说他好像跟着寺院的和尚学习，学得很不错。当时还有传言，说他有一位十分相配的女子，是父母为他定下的，将来也是要婚配的。与次郎大人在当时很有男人风范呢。"

"可不是，现在还能看出当时的影子。"

"哎，看到他现在这副贪睡的样子，真是贫穷枯瘦得很，但还像几年前那般年轻。想到与次郎大人整天这样烂醉度日，为之扼腕叹息的女子肯定不止一两个，其他町上也有。与兵卫家的儿子，很受女孩子欢迎呢。"

"他是从什么时候开始变成这样的？"

"这个，具体时间就不清楚了。好像是从两年前开始的，他那时频频出入鞆町有矶巷的妓院……"

"什么？不是三原的梅林吗？"

"三原的梅林？那种不切实际的话你也信？那是他烂醉之后脑子里出现的幻觉，是与次郎大人的妄想。梅林中的女人其实就是鞆町上的哪个妓女。"

"真让人吃惊。"

"你应该也知道吧，濑户内的港町从以前开始，妓院就有名得很，跟播州的室之津和备后的尾之道一样。与次郎大人是一时昏了头吧，才去了室之津一带，从两年前开始花大钱，频频去找有矶巷一个叫白梅的艺妓。这个叫白梅的虽然长着一副非常仁慈的面孔，实际上却是出了名的淫女。经常对与次郎大人不理不睬，到后来甚至还把洗澡水给与次郎大人喝，最后竟然跟一个来历不明的游客私奔了。与次郎大人就是从那时开始变得很奇怪的。"

听到这里，五郎八陷入了沉思。这和从与次郎那儿听来的话，彻头彻尾地不一样。假如现实中没有梅林中的女人，她的原型是白梅这个淫乱不堪的艺妓的话，那么把她比作不感不动的天人，不过是与次郎自己一厢情愿的妄想吧。但与次郎为何将这女人作为赌注？不感不动的女人也好，淫乱的女人也罢，要先有女人才能有赌注啊！他妄想出来的女人也好，与人私奔的女人也罢，全都是空谈了。

五郎八一副想不明白的样子，而这个水手模样的男人不管不顾地继续说：

"自从白梅跟人私奔后，与次郎整个人都变了，他对町上所有东西都充满怀疑。在那之前他是个多么沉稳的人，但之后就变得离不开酒，一有什么就出言不逊，或者在路边动手打架。有人说他是不是被天狗骗了，也有人说他被狐狸精迷住了，他举止发狂，让人心里直发毛。听那些喜欢说三道四的人说，那个白梅非常可疑，是个魔女，附身到与次郎大人身上，使他发了狂。是啊，那又怎样？反正我是不信那些话的。"

五郎八忽然想到：

"你说，那个白梅后来怎样了？"

"一无所知。"

"那个同她一起私奔的男人呢？"

"也不清楚。"

五郎八突然觉得很滑稽，大笑起来：

"那或许白梅从鞆町的妓院逃出来，乘船到了三原，悄悄躲进梅林住下了呢？在众人都不知晓的情况下，与次郎说不定常常去那里拜访呢。"

男人吃惊不已：

"怎么可能？我不信！"

五郎八笑得更开心了：

"我可不是在开玩笑，也不是在取笑你。假如白梅真是个魔女，那么就算从之前那样淫乱的一个女人，摇身而变成了梅林中楚楚可怜的寡妇，也没什么可奇怪的。虽然你觉得不可能，可应该就是经历了一次，与次郎就变成现在这样了吧。就在刚刚，与次郎亲口说了，一次经历胜过千百次。与次郎所说的经历，八成就是指白梅化成梅林中的女子这回事，这种至福经历可是我们这些俗人想都想不到的，可以说是男人的至高福利。而与次郎之所以变成失魂落魄的酒鬼，硬要解释的话，那大概是对与天人相交的男人做出的神罚吧。真是的，一想到这儿我对与次郎大人还羡慕得不得了。你刚刚用怜悯的眼光看他，但其实你就从没希望过被白梅那样的女人附身一次吗？"

说着五郎八再次麻利地从箱子里取出装缅铃的小盒子，摆在男人面前。

"那是什么？"

"这个叫缅铃。"

"缅铃？没听说过。"

听完五郎八的说明后，男人马上现出贪婪的神情，两眼发亮：

"给我闻闻，这东西贵得很吧。"

五郎八坏心眼地嗖一下收回来：

"不行。这可是世上贵重的宝贝，哪能卖给你这种身份低下的人，不对，是思想龌龊的人。你能够看上一眼就该知足了。"

男人生气不已，骂骂咧咧地离去。这时日头西下，虽还没有晚霞，但斜阳映在海面上，波光粼粼。

"啊啊，睡得真舒服。我可不能养成一喝就蔫儿的习惯。蔫儿是啥？一喝酒就睡倒咯。不过，你居然还巴巴地等我睡醒啊。太阳快要落山了，我们走吧。"

与次郎冷不防忽地一下站起来，对站在箱子旁百无聊赖的五郎八说。五郎八吓了一跳。那个男子气得离去之后，自己实际上也打算赶紧开溜的。他不安地说：

"走？到哪儿去？"

"你说什么，打赌的事你忘了？"

"那是要去三原的梅林咯？"

与次郎没回答。这时他好像酒醒了，飞快地走在前面，五郎八小步疾行跟在后面。自己明明不是个胆怯懦弱的人，但对与次郎这次不由分说的决定他没能反驳。

一边赶路，五郎八一边多次向与次郎提起从水手那儿听来的话——父亲松屋与兵卫啦，鞆町的妓院啦——试探与次郎的反应。但走在前面的与次郎充耳不闻，没有任何期待之中的回应。他一副漫不经心的样子，只是哼哼地应了几声，不做回答，也不知他有没有在听。

两人都默不作声，沿着蜿蜒的小路不断往前走，终于到了一个斜坡。

港町的街道都是这样，鞆町也不例外。细长的海岸线旁挤满了人家，从大路边上拐弯岔进小路都会看见斜坡。町的后方一般就是矮矮的山坡，顺着山坡往上爬，回头就能看到大海。眼前看到的是长着茂密树林的仙醉岛、玉津岛、津轻岛，远处朦朦胧胧地还能看到海上的走岛和袴岛。因为海港向东，看不到沉落入海的夕阳，但沉入后山的夕阳渐渐染红了海面。这两个人正沐浴着残阳，爬在背离鞀町的山坡上。

走了半个多小时，与次郎像想起什么似的说：

"马上就到了。"

路的一边尽是人造陆地，从崩坏的地方能够看到里面，似乎是一座大寺院荒废后的院子。院子里长满了艾蒿草，时不时地从树缝间看到黑乎乎的建筑物，是个屋檐很高的小佛堂。

与次郎从墙上的破洞处穿进院子，毫不犹豫地走进佛堂。这似乎是个久无人住的佛堂，堂内没有烛光，佛堂被渐渐暗下来的暮光包围起来，只有纸拉窗在黑暗中发着白光。与次郎把帘子的边缘拉起来，拉开纸拉窗，走进房子里点亮手中的蜡烛，然后回头看向五郎八，示意他进来。

五郎八觉得毛骨悚然。走在前面闷不吭声的与次郎，无人居住的古寺，单凭这两点就足够让五郎八感到恐怖不已。他想，与次郎腰间不是还别着一把腰刀吗，他不会把自己给杀了吧，箱子里的东西不会也被抢光吧。但又转念想，这个人再怎么品行败坏，到底是松屋与兵卫的少爷，该不会做出这种没道义的事情。于是便打消了迟疑。

看着虽是个小小的佛堂，进去后意外发现里面很宽敞。走过板间时有个很高的门槛，背着重物的五郎八差点被门槛绊倒。里面还有个铺着红底彩色榻榻米的房间，房间很大，正面挂着绘有花鸟的幔帐。由于与次郎已经点上了灯，幔帐亮亮的，像舞台一般。

五郎八把箱子卸在房间跟前，刚坐下来，耳边就响起与次郎冷酷的声音：

"去拉开正面的幔帐。"

五郎八用手拉开幔帐。那是个睡铺，上面仰面躺着一个穿白色睡衣的女人，连被子都没有盖，而且睡衣的下摆被粗鲁地扯开，大腿以下全都露了出来。是睡着了吗？女人保持着不雅的睡姿一动不动。头转向了另一边，看不到脸。

"来吧，把你那块石头拿出来，放到那个女人的下身。放好之后就到这边来坐好。"

五郎八按照他说的，跪着走到卧室，害怕得膝盖直抖。他颤抖着伸出手，把小小的鸡蛋状的玉石咕噜一下塞进私处，那里就像涂了油一般，五郎八顺利地塞了进去。或许是妓女的喜好吧，私处被剃过了，周围一根毛也没有。

就这样过了一刻，又过了一刻，与次郎固执地保持沉默，女人躺在那儿，身体丝毫未动。五郎八渐渐紧张得喘不过气来。荒谬！这到底是怎么回事？五郎八几乎要冲过去把她唤醒。

忽然，五郎八脑海里闪过一个不好的预感，他毫不犹豫地跳起来，像被弹起一样飞奔到女人的旁边，用手顺着女人光滑的大腿摸了一下。

"啊啊，啊啊，啊啊——"

五郎八发出类似哭喊的声音，跌跌撞撞地回到与次郎身边：

"身体都变冷了，是你干的吗？"

与次郎并没有回答，只是露出嘲讽般的冷笑：

"这块石头我就收下了。你别不服气，因为是我赌赢了。"

骷
髅
杯

高兰亭，也叫高野兰亭，是荻生徂徕[1]门下的诗人，与服部南郭齐名。他的书法独树一帜，还擅长俳谐。可他有个坏毛病，就是天性嗜酒，喝醉了就喜欢刻薄地挖苦人，逮着谁就骂谁是混蛋。如果只是这样，那把他的话当耳旁风也就没事了，可高兰亭还喜欢收集各种酒杯在身边，得意洋洋地向人炫耀，对方若不一一表示佩服他就不开心！镰仓圆觉寺旁的瑞鹿山，有他一手打理的草堂，草堂的紫檀小桌上总是乱七八糟地随意摆放着大小不一、各式各样的酒杯，常见的有织部杯、小原杯、熊谷杯，还有珍贵的如伽罗杯、可杯、贝壳杯、武藏野杯，甚至还有马上杯、玛瑙杯、犀角杯、玻璃杯，等等。其中兰亭最引以为豪的是那只浅碟大小、内外皆涂黑漆的

木酒杯。据他本人所说，那是寿永[1]年代，中将重衡卿[2]大寿前在镰仓喝酒时用的酒杯呢！

秋玉山又名秋山玉山，是兰亭很久以来的酒友，他经常被邀请到镰仓的草堂小坐，是当时广为人知的一等一的诗人。他满腹狐疑地嘀咕：

"说起寿永年代，那可是近六百年前啦！那么厉害的东西从哪儿弄到手的？"

兰亭似乎就盼着他这句话，便若无其事地回答：

"在镰仓米町那个地方，有座叫宝海山教恩寺的寺庙。那儿与重衡卿有些渊源，所以这东西长久以来被当作教恩寺的珍宝收藏着呢！"

可玉山越发疑惑地问道：

"所以啊，我才问你是怎么把那东西弄到手的。该不是偷来的吧。"

看到玉山如此认真地询问自己，兰亭很是得意，微笑着说：

"怎么到手的？这个嘛，所谓天机不可泄漏！"

兰亭往那个闪着黑色光泽的薄木杯里咕咚咕咚地倒酒，突然把酒杯伸过来：

"看看酒杯的底部，透过金色的酒水会浮现出梅花

---

1 寿永（1182年—1185年），平安末期年号。
2 指平重衡（1157年—1185年），平安末期的武将，平清盛之子。

图案的泥金画，能看见吧？"

　　玉山不由得默默看了兰亭一眼，他的眼睛如干涸的贝壳一般，此刻正紧紧闭着。兰亭十七岁就失明了，在徂徕的推荐下一头扎进诗中，专心致志研究学问，以"盲眼诗人"扬名。正因为失明，兰亭有着强于常人的记忆力，能背诵汉魏六朝至唐朝明朝的诗歌。虽然他故作姿态说透过酒水能看见梅花图案的泥金画，究竟他的眼睛能不能看见？不用说，肯定看不见。既然如此，兰亭为何饶有兴致地随身收集这么多酒杯来赏玩呢？明明自己看不见，就算收集了又赏玩不了。玉山忽然这么想。总之，兰亭的心思真是难以捉摸。

　　不止玉山，就连兰亭自己也不一定弄得明白。没错，他的确是眼睛看不见，可触觉很发达。所以他能够用手抚摸、把玩各种材质做成的酒杯，并在那种感觉中自得其乐。可仅仅为了触觉上的乐趣而收藏，兰亭自己恐怕也难以接受。这世上会有这种单单为了触觉而收藏酒杯或其他物品的人吗？兰亭认为不会有。既然如此，那自己又是出于何种目的收藏酒杯？

　　兰亭虽然一方面自疑，可另一方面却有着坚定的自信：诚然，我的眼睛是看不见了，但在我盲眼的眼帘里，能清晰地看到万物真正的形状和原本的颜色；或许，我所见的与现实的形状和颜色大相径庭，但说不定那才是

085

生于我自身内部的事物，如此也无伤大雅。至少对兰亭而言，生于自身内部事物的形状、颜色才是现实本身，只要能从这一现实中创造特有的收藏品就够了。从何时开始，自己的眼帘里清晰浮现出东西的形状和颜色呢？不用说，一定是从十七岁失明之后。由于失明，他变得能在自身内部发现无尽的收藏对象了，自身内部变成了与现实等同的藏品宝库！这不叫幸运叫什么？收藏酒杯什么的不过是小试身手罢了。如此，兰亭的自负心变得无止境起来，倒常常因为明察秋毫扫了大家的兴致。

兰亭的父亲在江户日本桥的小田原町上，一边经营着家传的鱼批发店，一边学着芭蕉、岚雪摆弄点俳谐。他自号"百里居士"，搜集了芭蕉以后所有写虱子的俳句，编纂成诗集《钱龙赋》。所谓"钱龙"，指的是极为可怕的虱子。虽说世上奇思怪想的诗集不少，但贯穿整个江户时期，怪诞至此的诗集恐怕不多吧！难不成，这种猎奇的怪癖由父亲遗传给儿子，到了兰亭身上就演化成了收集酒杯的癖好吗？不管兰亭怎么想，《钱龙赋》足以让人涌起有其父必有其子的无限感慨。至少，当玉山听闻了兰亭父亲的事迹时，对之前百思不得其解的兰亭的怪癖，便能够明白一二了。

这几年来，兰亭将妻儿留在江户家中，自己专往镰仓的草堂去，一味醉心于悠然风雅的生活。由于他眼盲看不了书，便以给自己念书为名，总把江户一名女弟子带在身边，没事也会悄悄进出妓院。女弟子名叫荣女，听说是一位三十多岁的半老徐娘，认识兰亭前还是个黄花闺女。她的声音异常清澈甜美，若只听声音，会让人误以为是多么可爱的女孩儿呢！兰亭非常喜欢荣女的声音，夜晚一边听她读各种各样的书籍，一边听着房檐边瑞鹿山上传来的阵阵松涛，在草堂过着随心所欲的生活。在各种各样的的书籍中，有似乎是宽文年间印行的小濑甫庵的《信长记》。其中第七卷中有一节叫《元日酒宴之事》。兰亭一手擎着酒杯，一边聚精会神地听荣女朗读：

"比及天正元年十二月下旬，远近大名小名一人不残，参集歧阜，为刷正月元日出仕之妆，仪式严重。时信长公打祝，出酒，已及三献，珍肴有之。'今可有一献！'言之，出黑漆之箱。见而怪之为何，时柴田修理亮胜家饮尽，令自开盖，乃附箔浓黑三首。各附有札，乃朝仓左京大夫义景、浅井下野守、其子备前守长政三人之首也。满座之人见此，尽言：'值此御肴，下户上户，并皆欢宴！'遂各歌舞，酒宴暂无止息。"

文中的"附箔浓黑三首"，指涂漆后贴金的骷髅杯。据说天正二年正月元日，信长将北国之战所获朝仓与浅井父子三人的首级布漆涂固，制成骷髅杯，并在宴席上用此杯与众将痛饮。如今这已是脍炙人口的故事，而在兰亭生活的宝历年间却不见得有名。兰亭对此事深感震动，实乃意料中事。兰亭到底是个野心勃勃的酒杯收藏家，只要是世间罕见的珍奇酒杯，不管付出多大代价，他都心心念念要据之己有。他就是这般执著。

"骷髅杯,那才是酒杯中的酒杯啊！以前并不在意，如今已经听说了它，我无论如何定要将它弄到手！"

听到兰亭的自说自话，荣女从书中抬起脸来：

"啊？老师，您刚才说什么？"

"没什么。我自言自语罢了。《信长记》就不读了啊，乏味了。明天开始换一本吧！"

此时夜过三更，草堂里夜色深沉，附近群山里的雌雄画眉不停地鸣叫。

在那之后过了大约一个月，秋山玉山和弟子也在草堂小住，顺道来玩。兰亭如往常一样，又喝得酩酊大醉。突然，他晃晃悠悠地站起来，只说了一句："出发！"

众人愕然："说什么出发啊，现在是伸手不见五指的晚上，你要出发去哪儿？"

兰亭不慌不忙地回答：

"其实我就等着天黑呢！你们都不要做声，跟我走就是了！镰仓是我的地盘儿，一定不会乱来的。"

　　玉山和弟子都丈二和尚摸不着头脑，却不能眼睁睁看着失明的兰亭冲在最前面而不管不顾，于是慌忙从他身后追上去。兰亭平时就我行我素、不拘小节，所以这种时候，作为老友的玉山心想：又来了！值得钦佩的是，荣女独自留下来看守草堂。顺便一提的是，宝历年间的兰亭和玉山二人都已近不惑之年，说不上年轻咯。

　　没有月亮的春夜里，微暖的和风吹来。但对眼盲的兰亭来说，有无月亮都无关紧要。兰亭仿佛眼睛能看见路似的，健步如飞走在前头，玉山不禁暗自咋舌：

　　"这家伙，看来平时没少在镰仓附近转悠啊！明明跟我年龄相仿，脚力却比我强得多。"

　　这么一想，玉山不甘落后地加快脚步。

　　翻越巨福吕坂，走到鹤冈八幡宫跟前，又从若宫大路径直向由比海滨方向走去，三人一路都不做声。兰亭一味沉默着，只顾加快脚步，玉山也铆足了劲闭口不言。深夜了，路上没遇上什么人。在下马桥往右拐就进了长谷小路，如果要沉默着走到这条绵延的小路尽头的话，对玉山来说太痛苦了。他们走到极乐寺路堑，从这里可以看到对面的大海。这时，玉山终于忍不住开口：

　　"喂，不是开玩笑吧，你打算走到哪里去啊？"

　　兰亭生硬地回了一句：

　　"到极乐寺！"

"极乐寺？"

玉山不自觉地大声重复着，随后觉得这人真是荒唐，便无心再问了。年轻人明显露出了不高兴的表情，自始至终没说一句话。

应永[1]年以来，极乐寺遭遇多次天灾，日渐衰微，完全失去了昔日风貌，面目全非，一片荒凉，寺内也不曾住过人，如今只剩一座茅草屋顶的山门黑乎乎地立在夜色中。三人抵达了山门，玉山终于开口道：

"我走不动了，在这儿休息一会儿吧！"

兰亭出乎意料地爽快答应了，或许他也走累了。三个人坐在山门的门槛上长歇了一口气，都走了半时多了，膝盖已经有些发抖。寂静的夜里，不知从哪儿飘来了瑞香花的香气，让人觉得春意盎然，仔细听还能听见瑞鹿山草堂里夜夜可闻的雄雌画眉互鸣的奇怪叫声。看来，都过三更了。周围一片寂静，寂静得有些可怕，这种时候只剩这三人还醒着吧。玉山像突然想起什么似的，小心翼翼地问：

"话说，你到极乐寺，是为了什么事？"

许是周围太安静了，兰亭也缓和了态度回答：

"嗯，不为别的，其实我想找出大馆次郎宗氏的墓地。"

---

1 应永（1394年—1427年），室町中期年号。

"大馆次郎宗氏，就是《太平记》里出现的新田义贞门下的部将？"

"正是。"

"我隐约记得，大馆次郎似乎在元弘三年的战役里，想比义贞抢先一步从极乐寺坂攻入镰仓，遂与前来迎战的北条兵激战，之后武运不佳，战死了？"

"正是。你哪里是隐约记得？简直一点不差嘛。"

"稻村崎的海滨附近，就是这一带，立着一个名为'十一人冢'的旧石塔，有传言说里面埋着大馆次郎主仆十一人。"

"不对。十一人冢里埋的可能只是无名小卒。据我所掌握的资料看，大馆次郎的墓地一定在极乐寺的后山。而且极乐寺里保留着大馆次郎战死时所用的马鞍和铠甲等遗物。"

"哦？"

交谈停住了，一时间沉默在两人之间蔓延开来。可怕的沉默恐怕会让人越发觉得恐怖，玉山赶忙打破寂静，焦躁地寻找话题。他口齿不清地更压低了声音：

"你要找大馆次郎的墓，找到了又如何？莫非你打算把坟墓……"

他没有继续往下说，心里想打消这种突然冒出的不祥念头，并懊恼自己不该提起不想涉及的话题。然而，兰亭却一副满不在乎的表情，对玉山谨慎小心的样子反而起了怜悯之心，嘴边浮起嘲讽般的微笑：

"你想说又不敢说的事，正中我下怀。我早就前思后想过了，元弘战乱中死去了很多南朝忠臣，我想把其中一个史上有记载的忠臣的骷髅搞到手。但在镰仓这个战场，符合我条件的又出乎意料地少得可怜。选中大馆次郎的骷髅，是我多番考虑的结果。想要制成骷髅杯，那些名不见经传的虾兵蟹将太没意思，所以你猜的没错，我就是想掘开大馆次郎的墓地，设法把他的骷髅弄到手。趁天黑赶紧动手吧。"

兰亭话音刚落，突然不知从哪儿飞来了大大小小的石块，不偏不倚砸在头顶的屋檐上，屋顶摇摇晃晃，吓得三人屏住了呼吸。玉山和年轻弟子不约而同地站起身来，没多久，石头又飞了过来。幸好有山门的屋顶挡着，要是石头砸在头上，恐怕这三个人早就身受重伤了。屋顶吱吱嘎嘎地摇晃着，偶尔还落下一两块大的石头。

"这是怎么回事？"

"三更半夜的还有谁在打石子仗吗？谁干的好事？"

年轻弟子吓得瑟瑟发抖，一个劲儿想往外面跑，幸好玉山拦住了他。

"外面危险，待在这里才安全。我们还没弄清楚石头从何而来。我估计，怕是遇上了天狗飞石。"

"天狗飞石？"

"嗯。我也是头一回遇上，不过山里面自古就有天狗飞石。在我老家熊本县，就常有这种说法。若是被石头砸到，就不得了啦！天狗如果不欢迎我们，就会扔石子以示警告。"

玉山严肃地转身看着兰亭：

"喂，老友，不是我吓唬你，掘坟这种事不要做。我不是迷信的人，但现在我们确实遇上了天狗飞石。安全起见，我们还是不要再往前走了，乖乖地原路返回，你说呢？"

兰亭冷笑着说：

"蠢货。连你都说这种自作聪明的混账话，我完全没料到你如此糊涂。我苦读古书，好不容易才找到大馆次郎的坟墓所在，你竟要我放弃？那我岂不前功尽弃、抱憾终身？天狗飞石算不了什么，跟大馆次郎没有半点关系。古书里也没有记载过被天狗飞石击中就会一病不起的前例。第一，我是瞎的，看不到什么飞石，看不到就等于不存在，反而是没瞎的人看到不紧要的东西就被蛊惑了心智。天狗飞石？可笑！荒唐！"

话音未落，飞石又哗啦哗啦砸了过来，发出巨响落在山门的屋顶上，它们似乎听到了兰亭的谩骂一般。年轻弟子哭喊着跪倒在地上。

天狗飞石停了一阵，玉山再次转向兰亭，他果断地表明了自己的决心：

"没办法了。老友，我们就此拜别吧，我要往回走了。我不忍让你独自一人前往，但不管怎样我无法帮你完成掘坟的心愿。你莫要怪我。"

玉山说完，带着年轻人慌慌张张地原路返回，但始终放心不下他这位盲人朋友，于是躲在隐蔽处悄悄窥视兰亭的动静。月亮姗姗来迟，终于爬上空中，周围的事物逐渐变得清晰起来。

玉山突然冷漠下来不无理由，他心里期待着兰亭自己能改变主意。虽然兰亭好强，但若是没了朋友的依靠定会软弱下来，别说掘坟了，肯定会打退堂鼓。可是，玉山的期待落空了，兰亭去意已决。

兰亭似乎并未察觉玉山和年轻弟子的窥视，步履蹒跚地走进极乐寺的院落里，经过腐坏的庙宇，径直横穿了院落，轻车熟路一般朝着寺院后山走去。极乐寺曾具七堂伽蓝，寺院十分宽敞，鲜有人迹的后山有几座坟墓。说是坟墓，不外是在镰仓石的山腰上凿成的横穴式石窟。长年累月的草木掩盖了石窟，倒在地上的五轮塔布满了苔藓，许多坟墓仅能窥见入口。当然，也极难判断坟墓的主人。

玉山和年轻弟子一直盯着前方看。兰亭的身影愈走愈远，终于消失在夜色中。过了一会儿，玉山无聊地说了句：

"哎，最终还是去了。但是找不找得到大馆次郎的墓地还很难说，可能他一会儿就会回来呢。"

年轻弟子悄声道：

"方才，我还很怕兰亭先生让我陪他同去呢！幸好没有，吓死我了。不管是谁的坟，我压根儿就不敢掘……"

这样又过了半时左右，两人一直躲在山门旁的暗处，急切地盼着兰亭回头。天快亮了，围绕着山谷寺院的群山上，又传来了雄雌画眉宛如凄凉笛声般的和鸣：

"啾——啾——咕——咕——"

这时，天上一角突然响起巨大的雷声，一道白色闪电划破夜空，径直落在了寺院后山。玉山见状，只觉得一盆冷水兜头泼下一般。他闭上双眼哀叹道：

"啊！兰亭这家伙终于还是找到骷髅了。到底找到了啊！天意啊！"

一年后的同月同日，正是春意渐去的一个黄昏，兰亭与往常一样在镰仓草堂，正为荣女斟着酒。

那日，兰亭心情有些不悦，心烦意乱。因为从两三日前，荣女出现了孕吐的症状。

　　兰亭劳烦了一位交往密切的镰仓雕刻匠人，实现了夙愿，骷髅杯被完美地打造出来，静静地放在兰亭面前。酒杯漆色光泽亮润，犹如龟壳制作的一般。今日，兰亭又拿出骷髅酒杯，一边赏玩，一边品尝美酒。可自打杯子被从匠人手里取回之后，荣女就不喜欢它，无论兰亭如何劝饮，都丝毫不沾这杯中的酒水。这是让兰亭心中不悦的原因之一。

　　"今天定要让你喝这杯中之酒。"兰亭意气用事般地固执，一直在找机会。恰巧这时，荣女搬上了酒菜。

　　"这可是我最最钟爱的酒杯，怎能不用它饮酒？你既然来到我这儿，我要你喝你就得喝，阿荣，你知道吗？从我把这骷髅杯弄到手，今天是一周年纪念日。就算你不喜欢这酒杯，好歹也别扫我的兴，懂吗？"

　　被硬逼着喝酒的荣女终于下了悲壮的决心，她僵着脸，双手拿过骷髅杯，仰面咕咚一口气喝完。不知是不是太过惊愕而引起脑缺血的缘故，她顿时脸色惨白，手脚直哆嗦，当场向后一仰，倒了下去。

　　这时，从荣女凌乱的裙摆里，爬出一个小小的奇怪的东西。

　　很早以前，布偶的爬地娃娃[1]便流行于大街小巷，

---

[1] 爬地娃娃，形似幼儿爬地的布娃娃。

这小东西便很像爬地娃娃。然而它明显在动，所以绝不是布偶；而且它是从荣女的裙摆里爬出来，令人怀疑这是不是从荣女的身体里出来的东西。

这东西以令人吃惊的速度爬在榻榻米上，说时迟那时快，它冷不丁冲向盘腿而坐的兰亭膝头，对着他的右脚拇趾猛地咬了一口。

"啊！好痛！什么东西这是？"

兰亭慌忙用手去挥，这时，那东西早已飞快地爬过榻榻米，一下从走廊跳入庭院，转眼消失在夜幕之中。这一切都发生在眨眼之间。

"阿荣，阿荣，发生什么事了？"

听到兰亭的叫唤，之前还倒在榻榻米上失去知觉的荣女霍然起身。她看见皱眉忍着疼痛的兰亭，却对发生的事一无所知。好像完全不知道她体内跑出的奇怪东西咬了兰亭的脚，又转瞬消失，荣女只是呆呆地愣住了。

然而兰亭被咬的脚伤非同小可。刚开始，只是牙印上微微渗出些鲜血，转眼伤口便发热肿胀起来，不止脚趾，整只脚都肿了，剧痛如电光激闪般蔓延，一直痛到小腿腿肚。兰亭料定毒液一定扩散了，便咻地撕下衣摆，用布条绑紧脚腕，但还是阻止不了毒液的扩散。

不久兰亭的脚便肿胀得如八头芋般丑陋无比，同时剧痛也继续蔓延至大腿，甚至腹股。喉咙里难耐的干渴向兰亭一点点袭来，他此时已陷入半疯狂状态，双手四处摸索。

"渴，好渴！阿荣，替我倒酒。"

"您到底怎么了？老师！"

"没什么大不了的，是被奇怪的东西咬了，很可能是蛇。算了，无所谓了，我渴得不行，快给我酒。"

"但是，酒对伤口不好啊！"

兰亭激愤起来：

"少说废话，闭上嘴巴乖乖给我倒酒！"

荣女不知所措地倒了酒，兰亭一口气喝下去，又呸了一声吐了出来。

"这是酒吗？别开玩笑了，这是水！"

他的舌头似乎麻痹了，分不出酒与水。这时，荣女忍不住说：

"老师，这不是水，真的是酒，您到底是怎么了？"

荣女又为兰亭斟了杯酒，可无论倒多少次，结果都一样，怎么也满足不了兰亭的口味。

"连你也戏弄我这瞎子吗？我眼睛看不见，但我的舌头还是好的。"

"可这和您一开始喝的酒是同样的啊！"

"这么说，酒不知什么时候已经变质了。这酒绝对不行，快去给我买新的回来！"

荣女犹豫不决。兰亭像穷追猛打似的，怒不可遏地催促道：

"没听见吗？去给我买酒！我说去给我买酒！"

事已至此，荣女说什么也无济于事，无计可施的她只好起身出去买酒。

荣女出去后，兰亭骨碌碌躺在榻榻米上。喉咙依然是火烧火燎般的干渴，从脚到腿，变成铅色的坏疽油光发亮。兰亭想，痛楚虽然深入了骨髓，却比之前好了许多，自己是不是已经挺过危险期了？可毒液无疑已经扩散了。兰亭觉得脑袋异常沉重，睡意恼人地袭来，索性就这样惬意地睡去吧。

终于，在兰亭迷迷糊糊的时候，他的眼前出现了天狗。令人不可思议的是，兰亭好像变回了十七岁以前的自己。他可以清楚地看到天狗的模样。兰亭大吃一惊，支起躺着的身体。

"我来接你了。来吧。我会背着你，跟我走吧。"

兰亭浑身哆嗦，连问一声"去哪儿"的勇气都没有，手脚紧紧抓住天狗坚实的脊背。如今他的手脚和身体因为毒液而肿胀变大，但手脚却像婴孩的手脚一样中间变细，兰亭变成了爬行娃娃的模样。

天狗走出草堂，像背着婴孩般背着兰亭，飞一般奔向空中，来到一个不知是哪儿的地方。这儿有一口井。

这时，天狗开口道：

"你还记得这口井吗？"

兰亭再次全身哆嗦着：

"记得。请您千万原谅我！"

"什么？没有什么原不原谅的。"

这正是在小田原町经营鱼批发店的父亲宅邸庭院里的那口井。

事情是在大约三十年前，也就是兰亭还没失明的时候。

父亲是富裕的商人，所以出入父亲宅邸的人络绎不绝，此外，父亲还养了一大堆吃闲饭的人。其中就有一个和兰亭年纪相仿的十六七岁的食客，叫什么小座头，不仅头脑聪明，脾气还很好，因此家人都很喜欢他，兰亭的父母想干脆就照顾这个小座头，让他在此安家立命。不知为何，只有兰亭和他脾气不合。说是不合，其实是兰亭单方面讨厌小座头，对小座头没有好感。有一次，兰亭发现母亲的针线盒里有三两金子，便起了坏心眼，他悄悄将这三两金子放入小座头的随身物品里。

无论是多么富裕的人家，丢失了三两金子也绝不会不了了之。兰亭的父母决定要验看佣人们的随身物品。因为小座头内心坦荡未做亏心之事，所以一副冷静坦然的模样。然而，却意外地从小座头的随身衣物中发现了这三两黄金。父母感到被背叛了，怒气冲天，此后便禁止小座头出入府邸。小座头郁闷愤恨，便在主人庭院中投井自尽。兰亭的眼睛就是从那天开始出毛病的。

"来，我和你一同下到井底去吧。不要害怕，一点儿都不恐怖，因为谁都会有下去的一天。"

像真的变成了婴孩一般，兰亭紧紧抱住天狗的脊背，一点一点往井底下沉。想不到这井底温暖如春，竟然让人心情愉悦。

与此同时，瑞鹿山茂密的杉林中，突然传出了画眉凄凉的叫声。买酒归来的荣女走在乌漆抹黑的夜间小路上，不知怎的总有一种不祥的预感。奇怪，画眉怎么这么早就开始叫了？不是本该在夜深时分叫的吗？

她打开柴扉，慌忙跑进草堂里，只见兰亭的身体摆成一个"大"字，倒在榻榻米中央。他的手脚圆滚滚的，似乎马上就要撑破一样，与刚从水里捞起来的土左卫门[1]有几分相似。灯光照射下的兰亭，皮肤铁青铁青得发亮，越发令人毛骨悚然。

"老师，老师，我买酒回来了。老师您这是怎么了？"

不用说，没有人回答她。兰亭的嘴一直大大地张着，

1　土左卫门，指成濑川土左卫门（？—1748年），江户时代的一个相扑力士。据说他胖得像淹死者那样，故用于代指淹死的人。

却早已没有半点呼吸了。

就这样，从得到骷髅杯那日开始正好一年的时间，同月同日，高野兰亭离奇地死掉了。到底是被掘了坟的大馆次郎的鬼魂在作祟，还是幼时因缘巧合害死的小座头的怨念在报复，就无法作答了。

菊

灯

台

几十个身穿短蓑衣、上身赤裸的男人，正在海边服着担海水的苦役。他们肩上挑着扁担，终日来回于岸边与砂丘上的盐屋之间，扁担两头是看上去很沉的汲盐桶。这里濒临濑户内海，自古就是以产盐闻名的巨大庄园。元弘[1]时期烽火连天，不管是地头[2]还是领家[3]、杂掌[4]，影响力都急剧减弱。于是当地一个被称为"百地长者"的恶霸，瞅准机会，包揽了连同征收年贡在内的庄园管理权。如今他积敛财富，储备兵器，奴仆成群，有着不

　　1　元弘（1331年—1333年），日本后醍醐天皇时年号。此时天皇与镰仓幕府矛盾尖锐，战事不断，史称"元弘之乱"。

　　2　地头，镰仓幕府的职务名，在庄园内拥有土地管理权、征税权、警察权、裁判权，支配领域内的居民。

　　3　领家，指庄园的领有者。

　　4　杂掌，日本旧时庄官之一。为贵族、社寺的家丁，分管年贡及其他事务。

可估量的势力。这里的年贡无非是盐。因为盐是所有财富的来源，长者尽可能使唤下人，让他们挑海水，用海水制盐，并热衷此道。长者几乎每天在腰间佩戴一把大刀，刀的刀鞘朱漆剥落。他光着双脚缠上黑色的绑带，满嘴酒气，一边哼唱着不成调的今样[1]曲子，一边巡视岸边。对那些偷懒的下人，他会右手执着红栎棒子，毫不手软地将他们打倒在地。

> 寂寂山中行，
> 趣在冻山芋……

风中传来沙哑的声音，哼唱的是今样的调子。这时，男人们便互相以眼神示意，慌忙从偷懒蹲着的海滨松树旁起身，再次挑起汲盐桶。

挑汲桶的男人们，皮肤都因为海边风吹日晒的原因黝黑得发亮，烈日炎炎，他们大汗淋漓。这其中却有一个人，怎么看都不像适合这份工作的模样。那是一个年轻人，苍白瘦削，在人群中十分惹眼。不知他是否年满十八岁，似乎不堪重负的样子，每每挑着水桶双脚摇摇晃晃不听使唤时，桶中便有一半以上的水被他洒在沙地

1　今样，日本平安时代中期到镰仓时代流行的一种歌谣，是相对于催马乐等宫廷传统歌谣而流行的新歌谣的总称。也指由四句七五调组成的歌谣。

上。同伴都看不过去了，有时好心上前指导，可无论怎么教，他都不得要领，那种笨拙似乎与他的孱弱一般与生俱来。年轻人的脸上不知为何带着一张面具，因此我们对他的长相一概不知。面具很像我们今天的丑角面具，那是"啸"[1]的面具。在一群来来回回的男子中，只有他一人带着面具摇摇晃晃地走着，十分奇怪。

百地长者为何让新来的下人戴面具？据谣传，在去年八月十五，当地的八幡宫[2]举行放生会[3]，长者看到围佛念经的十个神人分别戴着"兰陵王"、"小飞出"、"钓目"、"大恶见"、"顰"、"福禄寿"、"末社"、"啸"、"福"、"天女的"面具，便对其中愚蠢滑稽的"啸"面具极为中意。当想到让新来的下人戴上这个面具时，他就十分高兴。不用说，这会让新人在同伴中引人注目，而且新人意图逃跑的话，面具会让他成为抓捕的目标。可不管多么愚笨的下人，谁会在逃亡时还规规矩矩地戴着面具？长者的期望注定要落空的。他不可能没有意识到这点，可依然无法放弃面具的想法，由此可推测他内心深处对让人戴面具有一种无法抑制的欢喜。百地长者具备当时人称"恶党"的无赖豪族的特点，尤其喜欢异

1　啸，狂言面具之一，表情为笼圆嘴唇向前突出。
2　八幡宫，供奉八幡神的神社的总称。
3　放生会，把捉来的活物放掉的仪式。最为有名的是在石清水八幡宫举行的祭神仪式中的放生会。

想天开的古怪事情。

不过，关于面具还有其他的说法。据传，傲慢无礼的长者根本不把下人当人看，认为卑微的下人出现在自己面前时，理应戴上面具。可这样的话照理该让全体男工一例戴上，也解释不了为何独独让新人戴面具。所以这个说法乍看很合理，却不靠谱。

结束了一天的苦役，男工们陆陆续续上了岸，回到简陋的下人小屋里准备睡觉，这些茅草屋鳞次栉比地建在长者那围有土墙的宽敞宅邸中。回到这儿，年轻人也无需再戴着面具，因为长者再怎么走错路也不会光临这里。细看摘下了面具的这位年轻人，发现他眉目清秀、气质高雅，显出与众多粗鄙的男工不相协调的风雅。这时，一名叫半助的独臂男子问他：

"你叫菊麻吕吧？你家是哪儿的？"

"若狭的。"

"你也是被人贩子拐卖到这里的吗？"

"嗯。"

不知是不是因为心里委屈，菊麻吕看起来似乎不愿多言。

半助对菊麻吕弱不禁风的样子好像起了恻隐之心，年轻人来这儿后，半助也是多方关照。虽然他没有右手，但仅凭左手拿着藻勺的他汲海水时，远比菊麻吕麻利得多。半助挑起汲桶，扁担担在肩上，巧妙灵活地用腰部维持身体平衡。他事事精明，多少有些辩才，喜欢说些虚实难辨的话，在漆黑的下人小屋里，一群男人横七竖八胡乱躺着，这些话就成了无聊时间的好消遣。所以半助多少算得上是一个人物。今夜，一个男工率先发话了：

"半助，你的老家是在镇西吧？"

"嗯，在筑后的柳河。"

"哦。话说回来，你的手为何只剩一只了？该不会生来就是一只吧？"

"呃，这事可说来话长了。"

"能把这长话说给我们听听吗？"

半助顺着众人的意思，在黑暗中屏气凝神了一会儿后徐徐道来：

"那已经是二十年前的陈年旧事咯。那时我才十五岁，侍奉柳河的一位长者，那儿的贵人是一个非常干练的女子。虽说身份相差悬殊，我却是偷偷地爱慕着她。一日，贵人要去附近的寺庙扫墓上坟。这时，一个梳着稚儿髻的美少年轻盈地向她走来。贵人以为少年是来问安的，不料想他却频频朝贵人眉目传情。'这果真是寺僧使唤的稚童吗？'贵人满腹狐疑，装作没看见径直走向墓地。稚童跟着贵人到墓地，目不转睛地看着贵人扫墓、供花。突然他瞅准时机，居然想握住贵人的手。好在贵人是一个刚毅的女子，立刻反拧他的胳膊，疼得那稚童哭着求饶……"

"等一下，那稚童是你吗？"

"别胡说，那是河童。"

"啊，河童？河童是个什么东西？"

"呃，我也不太清楚，总之就是一种生物。话说贵人内心生疑，之后和寺内住持碰面时，便把自己被稚童调戏的事一五一十地说了。住持大惊失色，称寺庙里根本没有那样的稚童。思前想后，只能认为稚童是河童变的了。柳河附近，从前就有很多河童，常有调戏女子的事发生。"

"嗯，明白了。可重点是你的手到底怎么回事？"

"不急，我正要说呢。贵人在寺庙里被河童调戏的事一下传开了，我便想出一计。一日夜里，我看准贵人进了厕所，于是我便偷偷藏在厕所下方。说出来可能你们无法理解，当时我心里没什么把握，但是很久之前我就很想亲眼看到贵人的私处，甚至夜不能寐。在这之前，也多次想过要藏身厕房下，苦于没有勇气去干。听到河童的传闻，我下定决心去做我想做的事。既然调戏贵人的罪魁祸首被认定是河童了，所以就算我被贵人发现了，只要我能顺利地逃之夭夭，那调戏贵人的罪名就不会落到我头上啦。现在想来，从一开始我就错了。"

　　半助说到这儿停了一下。大家似乎对他污秽的自白感到吃惊，都在黑暗中屏住呼吸，但也无人敢喝倒彩。于是半助接着说：

　　"我就在厕所下面，一边沐浴着贵人暖暖的飞沫，一边绷紧身体沉醉在幸福之中。这种夜晚能有几夜？直到如今，我仍迷迷糊糊地感觉往事如梦。那时要是适可而止就好了，偏偏我非但不知足，还得寸进尺。一日夜里，我从下面伸了一只手上去，想偷偷摸一下贵人的屁股。说时迟那时快，我的胳膊猛一下就被抓住啦。好个刚烈的人儿啊，像在寺庙反拧河童的胳膊一般，狠狠地拽住我的胳膊。痛啊，加上那时我惊慌失措，几乎觉得自己要晕倒在粪壶旁。最终我的右手从根部全被拽断了。贵人牢牢地抓着我的右手，一下失去平衡也摔了个仰朝天，还嘀咕着：'从前就听说过河童的手很容易扯断，可没想到这么容易！'"

　　一个男工揪着半助最后的话：

　　"什么？这么说你就是河童？"

　　"我才不是，我是活生生的人。"

　　"那你刚刚不是说河童的手容易断吗？"

　　"嗯，河童的手容易断，确实如此啊。"

　　又一男工插话：

　　"你说得不通啊，你若不是河童，手怎会轻易就被扯断？没道理啊。你的手那么容易被扯断，你就是河童了嘛！"

另一个男工也说：

"起码，怀疑你是河童，也很有道理呀！"

半助渐渐语无伦次了：

"这么说的话我也搞不清楚了……"

男人们你一句我一句地聊着，由于白天的疲倦，不知何时起一个个都打起呼噜睡着了。

唯独菊麻吕在一片漆黑中睁大眼睛，他从未参与过男工们的对话。

菊麻吕究竟在想什么？实际上他的脑中一片空白。就像半助问他来自哪里一样，他只记得自己是若狭人，其他的事情，包括家里的亲戚、父母、自己从前的生活，他都彻底忘了。他失忆了。在十几年的人生道路上，他定是受过巨大的精神打击。菊麻吕在下人小屋的一群男工中，沉默得不招人喜欢，可这不是毫无缘由的。他想要讲讲自己的故事，却不知道故事中真正的自己跑哪儿去了，怎么也找不到。但他仍然记得一件事，那是发生在自己被人贩子拐卖的那个夏夜前后的事情。

记不清是在若狭的小岛上还是哪儿了。那日已过日暮时分，菊麻吕走在海边的沙滩上。这时，不知谁从路旁松木的阴影中拉住了他的袖子。定睛一看，原来是一个用白色被衣遮住容颜的女子。菊麻吕忽然闻到一股莫名妖艳的芬芳。不用说，这女子定是站在附近路口每晚卖春的暗娼。

菊麻吕素来对这种女人不感兴趣，唯独今夜不知为何情欲涌动。这条路是菊麻吕一年前开始走的，这是从那时与之相好的一位年长女子住处回家的必经之路。菊麻吕觉得自己对男女之事相当厌烦了。可是，这产生了反效应，他的内心深处，可能早已厌倦了那个破了自己童贞、惯于有求必应的年长女人。那女人在菊麻吕未满十八岁时，手把手教他情色之事。对她，菊麻吕产生了背叛的念头。这种心理很难解释。总之，菊麻吕一直都对送上门的女人来者不拒，自己虽偶有悔意，但还是对眼前这个新鲜的女人萌生了贪念。

菊麻吕就这样被女子诱引到一块礁石上，那是块潮满则隐、潮退则现的狭小暗礁。到这儿之后，女子第一次揭下被衣，她的脸在月光下微微泛白，皎洁通明，简直妖艳得动人心魄。对这样的尤物，菊麻吕只觉自己精神抖擞。他们以海草为枕，在岩石上共赴云雨。那女子心醉神迷地说：

"我喜欢在水里。"

这便是最初的相遇。之后，菊麻吕对女子念念不忘，常常在从旧相好的女人住处回家的路旁，等待女子现身于松木路口边上。

年长女子似乎隐隐察觉了菊麻吕的异常。她诘问在相互爱抚中动辄无精打采、发呆走神的菊麻吕，着急地摇晃着他：

"你到底怎么了？是很困吗？"

菊麻吕含糊其辞。女人忧心忡忡地说：

"你莫不是看见人鱼了？我听说只要看人鱼一眼，男子便会对这世间所有的女子厌烦。这附近的海域，以前就住着很多人鱼。"

就这样，终于有一夜，菊麻吕遭遇了他始料未及的飞来横祸。

一个闷热的夏夜，像往常一样，在海面突起的暗礁上，完全沉浸在二人世界的菊麻吕和那个女子，褪去了所有衣裳，赤身裸体地沐浴在海风和潮水中。一番云雨过后，两人就这样裸着身子不成体统地躺着，不一会儿便迷迷糊糊地睡着了。他们没有察觉潮水哗哗地涌动着，在渐渐上涨，也没有察觉人贩子的小船正一点点地向他们靠近。突然，头上落下一张网，赤裸的两人像两条鱼儿一样轻易就被捕到人贩子的网里。那一刻，菊麻吕醒了，他睁开眼睛，听到三个人贩子的欢呼：

"是人鱼，是人鱼！真稀罕，今天大丰收嘞！还有一个是男的！"

最初菊麻吕不知发生了什么事，直到看到身旁活蹦乱跳、挣扎得水花四溅、有着银色鱼身的女子，他才意识到事态的严重。天啊，不幸被那个女人言中了。"这附近的海域，以前就住着很多人鱼。"原来我第一次碰到的那个卖淫女，竟是居住在这海里的人鱼！想到这儿，菊麻吕感到头被人用棍棒重重打了一下，顿时如睡着般失去了意识。人鱼在这之后怎样了？人贩子把能制成长生不老药的人鱼卖到哪儿了？直到现在菊麻吕仍不得而知。

如此说来，菊麻吕被人贩子拐卖，的确是飞来横祸。但是，人贩子的船只若是没有碰巧经过，菊麻吕很可能就那样睡着，被逐渐上涨的海水淹没，同人鱼一起淹没在海底，因此倒也不该一味地说这是灾祸。古老的传说说过，人鱼一定会将男子拖到海底。所以托了人贩子的福，他才幸免于难。莫非没能将菊麻吕成功拖入海底的人鱼，竟燃起了将他的记忆拖入海底的执念，所以菊麻吕才失忆了？菊麻吕和人鱼都悲惨且不幸地被抓住了，或许从那时开始，由于人鱼的悲愿，菊麻吕的记忆便深深沉入海底，如同珊瑚一般，悄悄凝固在海底某个角落了。

菊麻吕被带到百地长者的宅邸后大约过了一个月，一天夜里，他悄悄对半助诉说了自己无论如何想要逃跑的心情。半助感到震惊，反对道：

"这不可能，无论你跑到哪儿，都有哨卡，哨卡里尽是身强体健的看守人。像你弱不禁风的，逃不掉！"

"那如果从海上逃呢？"

"你细胳膊细腿的，能游出去吗？就算你能游，出逃难得很。对长者来说，翻遍整个濑户内海还不是易如反掌的事！如果你逃不出去被抓回来，还得做好在额头烙上烙印的思想准备。若伤了你那细皮嫩肉的脸，我于心不忍啊。"

半助频频阻止菊麻吕，不单纯是为他着想。虽然还没有半助喜好男色的传闻，但也许是他还没遇上合适的人选。如果他有潜在的癖好，又遇上他喜欢的男人，癖好就会喷涌而出。其实他也不止一次试探菊麻吕，把手伸进菊麻吕的卧榻，都被狠狠地甩开了。

菊麻吕向半助吐露自己逃亡计划后的两三天，半助以为自己手握着菊麻吕不可告人的秘密，便更加放肆起来。一片漆黑中，他用整个身体压向菊麻吕的势头，向睡着的菊麻吕调起情来。然而，在菊麻吕睡觉的稻草上，只剩下"啸"的面具，活像在戏弄人一般，稻草上人影儿都没有。金蝉脱壳！真能干啊，小兔崽子！半助觉得被人骗了，顿时火冒三丈。爱之深恨之切，他一把抓起面具，立刻跑去向长者报告。

就算半助没有去打报告，海陆之内，奴仆绝不可能避开戒备森严的看守而逃之夭夭。被从水里打捞上船的菊麻吕，嘴唇发紫，他被看守五花大绑地押到长者的宅邸，被迫跪在主屋庭前。在长者宅邸里鳞次栉比的大小房屋中，这座主屋尤其庞大，大架上并排放着数十根樫鱼木，极其威严壮观。

主屋面向庭院的长廊设有一个坐垫，百地长者盘腿而坐，频频打着哈欠。他单手把玩着膝盖上的面具，迷蒙的醉眼漫不经心地望着它，那正是菊麻吕留在下人小屋稻草上的"啸"面具。

"逃跑的仆人菊麻吕，已经带到。"

不知是否听到了仆人的通报，他依旧半开着眼，目光落在面具上，好一会儿都没有抬头。过了好久，他才嘻嘻地笑着，用含糊不清的声音说：

"我为了改变你天生弱不禁风的面容，思量再三才想到效仿兰陵王，给你戴上这副面具。你非但不感恩，还丢掉面具出逃，真是愚蠢鲁莽至极。你要是戴上面具逃跑，我尚可宽大处置。如今我也只好对你深表遗憾了。"

他这才直接看着菊麻吕的脸：

"你这么不喜欢这副面具，不戴也可以。那就让我在你脸上用火勾出一副面具，赏你一副让人不寒而栗的勇猛野蛮的面具如何？"

菊麻吕的脸上混着汗水和泥土，十分狼狈。他像丢了魂似的一直盯着一个地方看，眼皮也不眨一下，似乎没有意识到长者接下来要对他处以可怕的刑罚。

庭院前不知何时燃起了熊熊炭火，火焰通红通红。一个袒露一侧肩膀、留着络腮胡子的仆人，抽出炭火中烧得通红通红、像火筷子一般的物什。或许要试试威力，他把火筷子火红的一端贴着地上的松材，顿时一股焦味蔓延开来，冒起一股烟。重复两三次这个动作之后，仆人在火筷子的手握处一圈一圈地缠上濡湿的茅草，然后将其高高举起，向廊上的长者展示，表示已经准备就绪。长者从坐垫站起，下了长廊走向庭院。这时，他突然将手里拿着的面具，戏谑般地戴在自己脸上。

"我亲自成为'啸'，处置你这鲁莽的家伙吧。这太有意思了。"

从仆人手中接过火筷子，长者慵懒地晃着胖胖的身子，向菊麻吕走去。

这时，在长廊的深处，从昏暗的房间里突然传出一个声音：

"父亲大人，父亲大人！"

跑出来的是长者的独女——十五岁的志乃。长长的头发夹在耳后，看起来像个挂着鼻涕的疯丫头，但她不愧是长者的女儿，一件奢侈的平金小袖[1]穿得贴身又得体。

"什么事？"

面对转过来的"啸"的脸孔，志乃仍面无惧色，用清脆的声音说道：

"父亲大人最近明明就要去参拜伊势神宫，不要再做这种残忍的事了。"

长者的气势好像瞬时被压倒了。他沉默了一下，又马上厉声喝道：

"去参拜伊势神宫，又怎么样？"

志乃毫不畏惧，回道：

"如果您做这种残忍的事，一定会受到伊势大人的惩罚！"

长者盛气凌人地说：

"多嘴，别吵！就算你是我女儿，也不能全听你的。要我次次都顾忌神明，我还怎么管教三十多个下人？今年我四十有余了，有生之年在这个乱世横行惯了，从不知要祈求神灵庇佑。参拜伊势神宫不是出于信仰，而是游山玩水。懂吗？不要搞错啦！"

对下人而言，长者如鬼怪般让人颤栗，而长者对自己的独女志乃平日里宠爱得很，如今对女儿说的狠话听

---

1 小袖，即狭袖便服，和服内衣。筒袖袖口窄，垂领向前交叉穿的衣服。

起来多少有些虚张声势。事到如今也不好停止对菊麻吕的处置，便硬着头皮强装镇定，慢慢地重新拿起火筷子，下决心往菊麻吕脸上贴。就在这时，一个完全不似女儿的声音清脆嘹亮，在他头顶响起，长者瞬间吓得往后一仰。

"我是濑户内海的龙神。横行于乱世的人啊，收手吧！不得无礼。我现在警告你，快停下这无益的杀生！"

定睛一看，志乃飞上长廊的门楣，横眉立目，神色骇人，像被什么附身一般，口里念念有词。难道是心里想不开才变成这样？天真的志乃像发了疯似的。空中漂浮？谵妄症？女儿突然间的变化让父亲吓破了胆，哪儿还顾得上处置下人，一把丢掉面具，扔下火筷子，惊慌失措地跑上长廊，叫仆人帮忙，好把女儿从长廊门楣上抱下来。

刚抱下女儿后没一会儿，她又恢复了平日的样子，竟然还带着悠闲恬然的表情甜甜地睡着了。父亲瞬间有种被人戏弄的感觉，有点气恼。同时，他也真心庆幸自己没有烙伤菊麻吕，松了口气。

长者是个不懂风情的男人，也不熟悉年轻女儿的心思，所以他不理解女儿为何突然发疯。其实很简单，因为这日女儿第一次清楚地看见了这个年轻人，之前他一直隐藏在面具背后。世上没有比这更简单的问题了。或许不从一个父亲的角度，而从一个男人的角度去看更容易理解。然而，作为父亲的长者虽宠溺女儿，却对这般搅乱女儿心绪的年轻男子没有丝毫妒忌之心，这连他自己都不可思议。长者对要不要在菊麻吕脸上烙下印记心有犹豫，不完全是顾忌女儿的心情，在他内心深处，也有几分不愿下手的意思。不，这样说似乎又太武断了。对长者而言，至少在女儿飞上门楣之前，肯定有几分要处置菊麻吕的痛快。不过处置一个下人，却产生了如此复杂又莫名其妙的心情，长者也对自己的优柔寡断感到无奈。

没能在年轻人脸上烙下烙痕，有没有一种可以让肉体持续痛苦的刑罚呢？长者又绞尽脑汁。最终，他想到了一个奇特的点子。这想法连他自己都觉得好笑。

"我本想在你脸上痛痛快快地烙印，但事出有因决定作罢。你真是个好命的家伙。不过，这十天我要你充当一个灯台，就这么定了。对了，你不是叫菊麻吕嘛，菊灯台怎么样？你就叫菊灯台吧！"

说完这话，长者大笑了许久。

从这天夜里开始，在长者招待客人行酒的大厅里，菊麻吕执行着一盏灯台的使命。他把头发梳成总角左右分开，在耳朵上边束成环形，再放上盛满油的灯盘，点上火。菊麻吕负责顶着燃烧的灯盘不让它掉下来，就这样一直伫立在大厅里直到夜深。可以想成一盏人肉灯台。

　　顺便说一下，菊灯台就是台座是菊花形状的灯台。
虽说长者借菊麻吕之名取名为菊灯台，但"菊"或许还
含有其他下流的意思。长者虽是乡下武士，这点自由学
者式的趣味还是有的。

　　长者每夜在开酒宴的厅堂里，跟客人们，还有用长
柄铫子斟酒的白拍子一起，和着鼓声挥着拳头，大声唱
着今样的曲调，并美其名曰"茶寄会"，却常常是拿茶
当借口聚众赌钱。作为灯台伫立在厅堂一角的菊麻吕，
始终硬着头皮默默看着这彻夜的喧哗。头顶上不断传来
叽叽的燃油声，时不时咻地从头上落下一滴。脖子稍有
倾斜就会有油漏出，因此菊麻吕不得不面朝前方固定着
头，他平日习惯了一动不动，所以这倒也不是什么苦差
事。烂醉的客人和白拍子踉踉跄跄地走过来，恣意对菊
麻吕动手动脚，甚至说些下流猥琐的话，菊麻吕只当什
么都没发生，只消无视就好。最后，长者绞尽脑汁想出
的这人肉灯台的点子，哪有什么刑罚的性质，反倒是游
戏性更胜一筹。这和那个"啸"面具的点子如出一辙。

　　"欢迎观赏我们家的人肉菊灯台。是不是一表人才
呀？"

　　长者说着玩笑话，自豪地让客人参观菊麻吕。这时，
长者自己也完全忘记制作菊灯台是要折磨菊麻吕这回
事了。

参拜伊势神宫的那天终于来了。长者按照事先制定的计划，带上自己宠爱的白拍子在内的十几个随从，热热闹闹乘船出发了。出发当天，他把志乃叫到身旁，嘲讽似的看着出落得越发有女人味的女儿，说：

"虽说不上是什么纪念物，但我想把菊灯台留给你。我已经玩腻了，今后要杀要剐随便你。"

这话粗鲁又不负责任，完全不似出自一个父亲之口。然而志乃却睁大着眼睛，一本正经地回答：

"嗯，我知道了。"

长者外出参拜伊势神宫，在这段日子里，他的妻子必须在宅邸外面过夜。这附近的濑户内海边，从来都有参拜道镜[1]神社的规矩，神社叫作"法王宫"。根据当地风俗，在丈夫参拜伊势神宫的日子里，妻子必须在法王宫内彻夜参笼[2]，祈盼丈夫平安归来。长者的妻子向来忠实地遵守当地风俗，父亲出发后，志乃便经常独自在屋中过夜。大概长者早已料到这点，才特意将菊灯台委托给女儿。

菊灯台。啊，多美啊！多么无懈可击的装饰！志乃怎么都看不够。父母不在家，菊灯台如今被转移到了志

1　道镜（？—772年），日本奈良时代的法相宗僧侣。752年应孝谦天皇之召进入宫中道场，后因给女皇治病而得宠，关于两人关系的传闻猜疑颇多。后因觊觎皇位被贬死。

2　参笼，指闭关祈祷。

乃的房间，亮堂堂地照着只有两个年轻人的夜晚。

每当夜幕降临，仆人们便静静地屏住呼吸，努力倾听从志乃房间里传出的那出乎意料的尖锐笑声和小声啜泣。他们简直无法想象房间里究竟发生了什么。终于，一天夜里，一个婢女按捺不住好奇，偷偷从门缝中窥看。

房屋里，赤身裸体的菊麻吕头上顶着燃烧的灯盘，直直地伫立着，眼神如做梦般游离。裸露的洁白肌肤上，从胸到腹，自大腿至脚踝，几条筋脉像红色的绳线渗着鲜红的血。胯股之间的微暗茂密中，依稀可以看见那挺立的什物。一旁是衣衫凌乱的志乃，单膝坐起，从袖口露出用柳枝结成的鞭子似的东西。

"怎么样？是不是知道点分寸了？"

婢女大为震惊，慌忙跑了回去，将所见所闻告诉了其他仆人。大家都惊愕得说不出话来。

次日夜里，另一个婢女悄悄过去，偷偷朝房间里窥看。

和上个夜晚大不相同，这次是志乃头上顶着燃烧的灯盘。她梳着男子一般的总角，虽没有赤身裸体，但穿着清凉的单衣，免不了透过单衣看到肌肤。初看，志乃颤抖着肩膀似在哭泣。但婢女定睛一看，实际上不是在哭，而是在笑。什么东西这么好笑？志乃拼命要忍住笑，努力不让头上的灯盘掉下来。再看看菊麻吕，站在绫帐里的大约是他，脸上带着"啸"的面具，看不出表情。窥看的婢女嘟囔了一句：

"又笑又哭，真是好忙啊。"

她一点也看不明白眼前的情况，只好急匆匆地逃了出去。

到第三天夜里，三个婢女商量好都来到门前。她们用眼神互相示意，轮流从缝隙中往里偷看。

这次菊麻吕和志乃的头上都没有顶着灯盘，而是放在了真正的菊灯台上。灯台发出微微光亮，在灯光勉强照到的地方有一男一女，还有四条纠缠在一起的腿。不，以为是四条又变成了三条，三条又变成了两条，一会儿又变回四条，男女的姿态不断地变化着。就这样持续了相当长的一段时间。三个婢女都忘了要轮流来看，三个人脑袋凑到一起，把眼睛贴到一个缝隙里入神地看。突然，女子白得发亮的一条腿向空中伸张，猛然剧烈地痉挛了一下，用力过猛一脚踢倒了菊灯台。

灯盘翻倒，火势首先蔓延到几帐的帷幔，马上燃起了熊熊火焰。那四条腿依旧向地上伸张，纹丝不动。刚才的剧烈动作简直让人难以置信。

火势比预想中蔓延得要快，一眨眼灯油倾倒的地板已化为一片火海。火势眼看着从柱子蔓延到天花板。三个婢女个个惊慌失措，依依不舍地逃了出去。要是被发现偷窥那就糟了。逃出来时，三个人都清晰地听到从化为火海的房间里传出这样的对话：

"烧起来了，好热。我们赶快逃出去吧？"

"怎么逃？我们赤身裸体的。"

又过了一会儿，女子的声音格外响亮：

"烧起来也好，热得好。我喜欢在火里。"

菊麻吕觉得，这话似曾相识，好像从前在哪儿听过一样。可如今怎么想都觉得费劲，索性与眼前这女子活在火里好了。像在海里游泳一样，在火里不也同样可以游泳吗？他歪身躺着，安然闭上了双眼……

土佐的传说里有一个叫宇贺长者的人。从前，在土佐国的长滨村，有一名叫宇贺长者的豪族，他的宅邸豪华壮丽，令人叹为观止。一日，长者制定计划参拜伊势神宫，看到伊势内宫外宫的建筑出乎意料地朴素，便说了这样大不敬的话："伊势神宫？还以为有什么了不起的。还比不上我家马厩呢！"不久他便遭到了报应，长者的宅邸在他外出时发生了火灾，化为乌有。土佐出生的小说家田中贡太郎，以这个传说为原型写了《宇贺长者物语》。而笔者这篇《菊灯台》是借着田中贡太郎小说的内容而创作，与原著相去甚远，不过自由发挥想象力使原文面目一新罢了。

鬼剃头

✦

为下总古河城主土井利胜效力的家臣中，有一名叫佐佐木武太夫的武士，虽然地位低微，却以坚毅、刚勇闻名。在剑术上，他领悟了一刀流的秘诀；枪法上，研究了柳生流的奥秘；在马术上，能够自由运用神道恶马流技法；柔道上，掌握了关口流的手法，对武道的各方面也都了如指掌。家臣中的众多弟子，都希望他给予指导。但用武太夫自己的话来说："武艺终究是修养的一部分，除了为主君效力外不能有其他用途。"他笑称教人武艺等同于拿武艺进行售卖，不该是一个武士的本意，因此根本不把别人拜他为师这回事放在心上。武太夫有一个女儿，取名为留伊。武太夫说是不喜欢教人武艺吧，但唯独对女儿不同。也正因为武太夫从她幼时开始，便让她切磋琢磨，进行修练，还将毕生所学武艺全部传授给她，所以留伊一直接受与其他女孩不同的教育。

　　不久留伊也到了婚嫁的年纪，如花儿一般美丽娇妍。武太夫膝下无子，曾几次为留伊招婿，但偏执武道的顽固老头所在的家里，女婿们都呆不住，上门不久就个个离家出走，也就是所谓的"离缘"[1]。留伊不得不侍奉利胜的夫人。但一直单身的话家名迟早会断绝，总在偏僻的下总[2]待着也是虚度光阴，无聊得很，于是，留伊与年老退隐的父亲一起，果断辞别了主人前往江户，在浅草圣天町开了一所指导剑术的町道场。这年是明历元年乙未，留伊十九岁。

　　这个町道场，装饰简单朴素。正门的三间安装了黑色的格子，玄关的正面装饰着长枪、大刀、甲胄柜，屋檐前挂着门牌，牌上分明写着"武道诸艺指导所，女师傅佐佐木氏"。将武艺作为买卖，要是放到从前，父亲肯定会暴跳如雷，然而步入老年的佐佐木武太夫，已经不如年轻时那般气盛，在女子抛头露面不被认可的年代，武太夫对留伊做事如此干脆利落反而有些引以为傲。再说留伊的母亲早已经去世了。

　　虽是十九岁初次上京，留伊却马上适应了江户的生活。何止是适应，简直是如鱼得水。出城的时候，将鲜

1　离缘，在日本指断绝、终止夫妻或养子女关系。
2　下总，日本旧国名，相当于现在的千叶县北部和茨城县南部。

艳的小袖叠在前面，穿上黑色的绉纱羽织[1]，上面别着四个连结的刺绣家徽，腰间佩戴着金色细长的大小武士刀，赤脚穿着绢带的草鞋，头发上别着屋敷式的发簪，有时也会戴上草笠。很明显，留伊简直是站在时尚流行前沿的摩登女郎。加上她和男子一样佩戴着大小武士刀，这样独特的装扮怎能不惹人注目？路人纷纷挤眉弄眼，交换眼色，笑着说："快看！女侠来了哦！"留伊却依旧恬淡如常，好像自己天生是江户人一般，哼着小调，迈着轻松的步伐穿过大川端[2]。

道场的练习也同样别具一格，没有性别之分，也不是一板一眼地跟着规则教学，而是根据每个人的资质进行指导，十分灵活。留伊让弟子随意用剑术对攻，自己则把莳绘的烟盒放在旁边，支起一条腿坐着，拿着长烟管一口一口慢悠悠地抽烟。她看上去不像是一个剑术老师，更像是游艺[3]的老师。只是那双眼睛，能犀利地看穿弟子的每一个破绽。轮到留伊自己手执竹刀时，她那引以为傲的长发，就这么湿漉漉地披在身后。

这个时期，一些下级武士子弟，厌烦了元和偃武以来的长期承平，对德川幕府的社会管束也产生了自暴自

---

1 羽织，即短外褂，穿在长和服外面的短衣服，翻领，在胸前系带。
2 大川端，对东京隅田川下游右岸一带的称呼，始于江户时代的游览娱乐地。
3 游艺，有关游戏娱乐的技艺能力，如茶道、花道、音曲、舞蹈等。

弃的情绪。他们拉帮结派，成立了各种团伙，如白柄组、角袖组、身狭组、神祇组等。他们总是大摇大摆地在江户晃荡，肆无忌惮地挑起事端，举止野蛮，人们把他们叫作"歌舞伎者"。这群歌舞伎者的粗暴同伙无意间听到留伊的传闻，便拥至留伊的道场砸馆子。几个武士自恃武艺高强，一齐对付留伊，也敌不过留伊细胳膊操着的那把竹剑的威力。还有一次，留伊从驹形堂前往竹町渡口。途中，从对面摇摇晃晃走来一个凶神恶煞般的人，猛地撞向留伊的肩头。那人喊了声："岂有此理！"就要和留伊拔刀相向。那时，留伊腰间不过插着一支三尺多长的花见烟管[1]，她眼睛都不眨一下，轻易就用烟管打中对方的胳膊，让他拔不了刀。

在留伊前往江户第二年的正月十八日，发生了那场妇孺皆知的明历大火，整个江户一两日之内几乎化为焦土。又恰逢疾风劲起，本是从骏河台烧向柳桥的大火，又烧到了浅草御门前，无数想逃难的百姓葬身火海，更大有烧向神田川对岸的趋势。火终于只烧到了留伊居住的浅草附近，并没有继续蔓延。圣天町的道场也平安无事。从十八日过午燃起的火势，终于在后日的清晨被扑灭了。

1　花见烟管，指在宽永年间（1624年—1644年），武士或妓女的侍女携带的烟管，通常长三到四尺，烟斗超过两寸长。

　　噩梦般的两天两夜刚刚过去，二十一日江户城内下起了雪，而且还伴随着大风，转眼间城内便是大风大雪。因大火逃难的多数人们又因为饥饿寒冷而死去，目及之处尸横遍野。幕府和众大名在城内各个要所设置救济屋，用大锅煮粥救济受难的百姓。

　　就在二十一日这天，留伊也被一种无法抑制的冲动驱使，穿着裁着袴[1]，戴着草帽，穿过大雪，沿着大河岸边向浅草御门前方走去。越往前走，周围越发如漆黑的枯木般全无生机，路旁横躺着一具又一具的尸体，触目惊心地映入留伊眼中。漂浮在沟渠之上的尸体，薄薄地覆盖了一层雪。不仅是尸体，还有那些好不容易从大火中逃出的人们，他们都是一张熏得发黑的脸，衣衫褴褛，在严寒中瑟瑟发抖。周围弥漫着一股让人窒息的恶臭，火尽后的余烟让人睁不开眼睛。再看救济屋，男男女女聚集在一起喝粥，身上还有刚被烧伤后留下的伤痕。粥冒着热气，盛粥的物什，大概是从大火中拾来的茶碗和瓦片，烧得发黑。这中间有个目光冷峻的少年，看到留伊，眼里立刻充满敌意：

　　"又不是杂耍表演，看什么看！走啊！"

　　留伊心中受到打击，回去之后，便和父亲说了当日

　　1　裁着袴，男子和服裤裙的一种，膝往下缝制成绑腿的样子，穿时紧裹在腿上。现在主要是相扑比赛的传唤人员等穿用。

的见闻：

"今天，我人生中第一次目睹了如此之多的尸体。父亲大人，您见过吗？"

武太夫好像眼神飘忽地望向远方：

"大阪之战的时候，我还没到十五岁，那时不只在战场，就是在街巷也能看到尸体，不足为奇。世间百态，瞬息万变。如果世间太平，没有什么火灾发生的话，就不会看到尸体。"

第二日，身体里依然有一种说不出的冲动，驱使留伊前往那一片焦土。这一整天她在市内到处走动，然后筋疲力尽地回到圣天町。不单单是出于好奇心，好像有某种留伊从小到大的生活里缺少的东西，不由分说地诱使留伊不得不走去惨不忍睹的火灾现场。

留伊出门时，无意间朝门口侧边看，发现门侧边的地上坐着一个披着草席片、全身乌黑的男子。她忽然觉得，这莫非是她昨日在浅草御门附近路边见到横躺着的尸体中的一具？难道那尸体霍然起身，晃晃悠悠朝自己家门走过来了吗？留伊瞬间感到毛骨悚然。然而，那男子不是尸体，是活人，真真切切地活着，好像还在一边捻着佛珠子一边念着佛经。那张脸黑得不同寻常，不由得让人认为他是前夜大火中幸存下来的人。事实上，因为那场大火家庭离散不得不流浪，又随意在人家屋前过夜的人，市内当是数不胜数。这个男子，说不定也是逃出火灾的人吧。不对，像这般嘴里念念有词的人，倒是有点行者的感觉，难道是来推销护摩之灰¹的吗？这么想着，留伊仔细观察男子的脸，然而男子还是闭着双眼坐着，似乎一点都没有察觉留伊的存在。

天渐渐黑了，留伊回家的时候，那男子依然在那儿坐着。留伊终究还是有些怀疑，便把这件事禀告了父亲。父亲说：

"嗯，我早晨在门前散步的时候，也注意到了那个男子。"

"在那种地方，到底要干什么？"

"是不是叫花子和尚，八成是想表演点什么讨点赏钱吧。我们不给赏钱，估计不会走了，要不明天给他点赏钱打发打发吧，这样可能就走了。"

次日，留伊又要远出市内，按照父亲说的，出门时在男子的脚边轻轻放下一些钱。

道场的弟子里，家里受火灾牵连的也很多，横竖道场暂时也不得不休业，所以留伊是十分闲的。虽然天气这么冷，留伊却总是想去市里到处走走，其实她也没什

---

1 护摩，佛教密宗修法之一，以不动明王和爱染明王为本尊，设护摩坛，焚烧护摩木祈愿消灾降福。护摩之灰，指的是威胁或欺骗旅行者从而骗取财物的人，据说因诡称携有难得的"护摩灰"来强行推销而得名。

么事要去办。连她自己也说不清为什么，甚至怀疑自己是不是幸灾乐祸，除此之外，还真找不出其他的理由。虽这么想，留伊还是出门了。不出门的话，内心可能会变得不安，可是出门了，留伊却越发感到不安。至于不安的理由，就连留伊自己也摸不着头脑。

过了黄昏，在回圣天町的途中，留伊无端在脑中想，那男子还在那儿吗？不知是意料之中，还是意料之外，总之，留伊回来的时候，那男子还在老地方。几枚零星的钱币仍然躺在脚边，看上去男子好像并没有碰过。

"还真有这么厚颜无耻的！明明没什么能耐，还觉得钱不够吗？"

父亲懊恼地说。留伊却突发奇想：

"莫非那人不是冲着赏钱来的？"

"那是冲着什么？"

"这个我不清楚，可能他是行者吧。你看他不是总念念有词的吗？"

"就算是这样，也没有总在我家门前念经的道理啊。识相的不是该挪到其他地方去了吗？"

这天晚上，天气骤变，又一次下起了暴风雪。雪一整夜敲打窗户发出的沙沙声夹杂着风声，让留伊几乎一夜未合眼。

到了早上雪停了，周围一片寂静。留伊在被窝里想着差不多要起床了，这时一个来工作的女佣吧嗒吧嗒地走过来，在拉门外喊：

"师傅您快看，那人还在呢！"

留伊打开格子窗往外看。沐浴在朝阳下的积雪闪耀着刺眼的白色，厚厚的积雪路旁，男子仍然坐在那儿，犹如雪人一般雪白雪白。"难道他竟然忍受寒冷，彻夜被风雪击打，如同在此地生了根一般坐着吗？"留伊这么想的时候，感受到一股令人恐怖的执念，渐渐对男子有种说不出的不悦。

"那附近的人怎么说？"

女佣压低声音说：

"说是一个了不起的行者。这附近经常有行者，但大多数都是卖顺产护身符的，或是像化缘僧般的可疑商人，实在是信不过。但是那个人 ......"

"那个人如何？"

"据说他宣称是在户隐山修炼饭纲法 [1] 的行者，也向人们展示了很多法术。但我不是特别了解，大概是使用饭纲法的行者吧！"

"也就是说，是使用狐法的行者。真愚蠢，真想把他轰走。"

---

1 饭纲法，指一些巫女或者行者的法术，会操纵想象中的小动物，类似于狐狸之类。据称分布在日本东北地区和关东中部。

留伊想勉强自己怜悯地笑笑却笑不出，只是咧开嘴，弯起嘴角，僵硬得像哭。女佣却没意识到，始终一本正经地说：

"啊！使用饭纲法就是操纵狐狸啊。我还真是一点都不了解。但是，人常说不惹鬼神不遭灾，就由他在那儿吧。"

"说的也是。"

不知是不是昨夜没睡好的原因，留伊感到头很重，好像还有点发烧。这天她不再像往常一样外出，而是在家里昏昏沉沉地躺着，又碰巧来了月经。倒不是因为月事才体弱至此，本来留伊就是巾帼不让须眉的女剑士，自出生以来就特别健康，没有被女性生理期影响过心情，更没有过早上卧床不起的经历。

留伊努力让自己不去多想，却做不到。行者不吉利的样子，在留伊的脑海里挥之不去。两三天前就感到莫名的不安，莫不是因为这个？可是，刚到市区火灾现场的时候，还没有注意到门前的行者才对，在时间上，是不安来得更早。难道发生不安之后，不安的原因紧接着到来？这可能吗？假如不可能的话，莫非那个乌黑着脸的行者，只是自己内心的不安在身外生成的无实体幻影？那是一张在其他人看起来普普通通的男人的脸，只不过是因为自己带着不安去看，才觉得令人恐惧？留伊就这般飘忽地想着。

若是对手用蛮力逼近自己，留伊凭着拿手的武艺，击败对方也只是三下五除二的事。但是，对于一个只是静静地坐着什么都不干的对手，留伊还真是束手无策，高超的剑术也无从施展。

留伊的月事一般三天就结束了。这三天，留伊固执地一步都不迈出家门，好像真的生了急病一般，只是在房里睡觉、起床。但实际上她身体一点毛病也没有，只是不知为何心里期待着：自己完完全全不露面了，行者就会放弃，离开这儿。父亲和女佣也尽量不提及行者，努力把他从自己脑中驱逐出去。最后不得不承认只是徒劳。

三天过去了，留伊想马上出门去澡堂。与其说是去洗澡，倒不如说是去做好挑战的思想准备。如果那是怎么也挥之不去的印象，就索性看看对手到底是何方神圣。抱着这样的想法，留伊哗啦一下打开了格子窗。

然而，门前那位行者已经不在了。究竟去哪儿了？可以肯定的是，他是在留伊闭门养病的时候不见的。居然不见了？留伊有些泄气，但也如释重负。

山东京传[1]的《骨董集》里，曾这样说过：在元禄

1　山东京传（1761年—1816年），江户时代后期的通俗娱乐小说作者。著有《江户生艳气桦烧》《通言总篱》《骨董集》等。

以前的澡堂，还没有普遍使用鬊发油，男男女女每次来
澡堂都会洗头发。留伊亦是如此，她细心地清洗了自己
的长发。被温水浸润的肌肤明艳动人，好像这些日子的
不祥连同污垢一同洗去一般，留伊精神为之一振。她披
散着湿润的长发走出了澡堂。冬日天光短，周围一片昏
暗。

就在这时，从澡堂的板墙背后，那个男子冷不防出
现在留伊面前。近在咫尺地看，他依旧是一张乌黑乌黑
的脸，只有那两只眼睛在黑暗中炯炯发光。男子比留伊
高一头，正俯视着她。

除了湿湿的手巾和随身携带的用具，留伊手上什么
也没有。当然，若她想的话，用她敏捷的柔术，也可以
不费吹灰之力把那个男子当场打趴下来。然而，男子并
没有动手，哪有把不出手的人打趴下来的道理？留伊一
时不知如何是好，只得和挡在眼前的这个男子对峙了片
刻。对峙的时候，留伊的心紧张得怦怦直跳。

"有什么事？"

留伊只能嘶哑地说出这么一句话。此时，明显有一
股近于恐怖的情绪向她袭来。男子越沉默，恐怖便越发
扩大膨胀。留伊只得胡乱地找词搭话：

"你想要什么？要钱的话，来我家我给你。"

男子什么都没说，轻轻摇了摇头，突然伸出手指着

留伊那从肩膀垂落到后背的头发。她的头发刚刚在澡堂洗过，微微散发着热气，水润又乌黑，留伊自己平日里也暗暗得意这头秀发。那男子默默做了个手势，像是要留伊剪一束长发给自己的意思。留伊好像突然明白了什么一样，几乎叫起来：

"别说这么愚蠢的话了！"

说完便迅速转身从男子身旁跑过去，就这样径直跑回家，背着手啪地拉上格子门，才发现自己已经气喘吁吁，几乎瘫软下来。

为什么那男子想要我的头发？这是出乎留伊意料的。留伊觉得十分难为情，更没有告诉自己那粗枝大叶的父亲。后来她特意将这件事半开玩笑似的讲给那个要好的女佣，留伊的脸不觉得红了：

"还真有恋物癖的人啊，他要我头发来做什么？"

明明年纪比留伊小、却老于世故的女佣，好像是为了点醒留伊的无知似的说：

"师傅，您可不知道您在那些男人眼里多么动人！因为又佩戴了刀什么的，反而看起来更有魅力了。那个什么饭纲行者，可能是一个不像话的骗子，跟在街上调笑女孩子的混混一样。不过话说回来，我觉得师父您可能被一个奇怪的男子缠住了呢。"

留伊大吃一惊。她压根没料到自己可以引起男性的欲望。自己佩刀的男子形象反而凸显了女性魅力，这也很意外。虽然是与己相关的经历，可留伊感觉像在窥看一个从未步入的世界，除了茫然还是茫然。

这天晚上，留伊躺下入睡的时候，突然感到好像有什么东西进了房间，她猛地睁开眼睛。

起身点起枕边的灯来看，四下一个人影儿也没有。但留伊能感到离自己很近的地方，在自己看不见的地方，有向自己紧紧逼近的东西。留伊不由得僵住身体：

"怪东西，在那儿不许动！你再过来，我可要反击了！"

留伊毫不含糊地握紧拳头摆好架势。但是，那看不见的东西却再没有向前靠近。

什么也没有。这三更半夜的怎么可能有人来。留伊刚想也许这只是错觉，冷不防感到身后有人猛拽她的发髻。她立刻偏转身体，右拳向后打去，却只是徒劳地打在空气里，什么都没打中。身后什么也没有。下一刹那，留伊第二次感到头发被拽时，就好像被用剃刀从发绳处剃掉一般。当她看到顶髻的头发唰地纷纷往下落的时候，不由得啊的一声大叫起来。一下子头凉飕飕的，领口周围也感到一股寒意。

刚想捡起掉落的头发，头发却好像咕噜咕噜地被漩涡吸进去一般，在房间里一边旋转一边漂浮在空中。留伊只能吃惊地看着它们消失在黑暗里。

留伊几乎要把拳头咬出血来，懊悔地哭泣到天明。不久，她明白过来，就蹬蹬地走出门来，把挂在门口的"武道诸艺指导所，女师傅佐佐木氏"的牌子拿了下来。她想，至少在头发长到原来的长度以前，道场只得暂时关闭。

元禄初年，像这种剪下女人头发的事儿，无论是在江户还是京都都频频发生，让人们觉得十分诡异。不管是未出嫁的姑娘，还是人妻或下等的女仆，结好的顶髻从发绳处被剪断，别人不提醒的话自己毫不知觉，也不记得自己究竟什么时候被剪了头发。人们把这归咎于一种所谓的剪发妖怪，又叫"鬼剃头"。另一种说法，是修炼饭纲法的人驱使狐狸搞的恶作剧。不光是元禄年间，之后的宝历与明和年间——不，甚至是整个江户时代，好像都出现过这类被剪发的情况。就拿文献中出现的古例来说，室町时期的《大乘院寺社杂事记》里即有记载。这是不是最早的记载，就不得而知了。不过，在今天街上也有被唤作"剪发魔"的痴汉出没，剪掉喜欢的女学生发辫，这样的事各位读者仁兄想必早就知晓了。

虚

舟

✦

从铫子到平泻（相当于今天的茨城县）有一条漫长的海岸线，常陆国[1]的原止村具体坐落在海岸线的何处，谁也搞不清楚。手边的地图上找不到这个村子，吉田东伍的《大日本地名辞书》上也没有任何相关记载，我怀疑这是不是随便杜撰出来的地名。然而，江户时期好动笔写文章的名家杂家，不止一人写过这个村子，笔者也只好原封不动地延用前人的说法了。

享和三年癸亥年的夏天，五月八日过午时分——当时常陆国还是幕下寄合[2]小笠原越中守的知行地[3]——在原止村的海滨，漂来了一个不可思议的物件。更准确地

---

1 常陆国，日本的旧国名，相当于茨城县的东北部。

2 幕下，将军、大名的部下，亦指其家臣、手下。寄合，镰仓时代后期，以北条氏的正支为核心，由其家人有实力者组成的决策机构。

3 知行地，日本近世指将军、大名作为俸禄给家臣土地支配权，亦指这种拥有支配权的土地。

说，是因为村里的渔民看见远远的海面上漂着一个像船一样的东西，于是划着小船出海，用网将它拉至岸边。

这东西，漂在水上时确实像船，可近看又与普通的船只迥然不同。首先是形状，像香盒一般扁平又圆滑，直径约是三间有余，上面是松脂加固密封的玻璃拉窗，底部像钢筋一般用南蛮铁板铺满了船底。总而言之，说它是飞碟状的小型潜水艇更为贴切。船用铁板铺满，大概是为了遇上大浪或碰撞巨石时仍能坚固不摧吧。上部是透明的玻璃，俯下身便可看见船只内部。赤身裸体的渔民们，一个个凑近了玻璃细看，吃惊地发现船里居然有一个颇具异域风情的女子。

女子看上去二十岁左右，肤若白雪，眼睛碧蓝，如燃烧般鲜艳的金发长长地垂落下来，白皙的容颜美丽得无以言表。虽然她像中国人一样身穿轻罗与裤裙，但无疑是西洋女人。话虽如此，常州[1]渔民们从未见过西洋女子，对这个从彼岸突然出现的金发碧眼的女子无不感到惊奇。当然，语言不通的渔民们无法询问女子从哪里来，只好远远地围着，战战兢兢地隔着玻璃拉窗看着船里的女子。

仔细一看，女子左边的腋下，挟着一个二尺左右的

---

1 常州，指常陆国。

方盒，看上去对她很重要，片刻都不离手。船里铺着厚厚的南蛮绒毯，绒毯上面有罕见的、独具匠心的带帽油灯，还有装满二升水左右的瓶子、装着貌似鲜血般红酒的瓶子，以及点心、熏肉之类的物什，再有就是杂乱无章放着的玻璃餐具。一眼便知道船上只有女子一人，仅凭眼前这少得可怜的食物和饮品，连着几日勉勉强强挨过来。不过女子看起来丝毫不显得虚弱。

当时常州的渔民连兜裆布都不穿，到处是同出生婴儿一样一丝不挂的渔民。被这样一群人透过玻璃窗恣意围观，女子没有丝毫害怕，表情出乎意料地淡然，只一味恬静地微笑，看上去仿佛超然物外，灵魂在梦幻境界畅游，多少有些巫女的感觉。渔民们觉得女子很像是被狐妖附了身。

那天夜里，在原止村长老仙右卫门宽敞的府邸，昏暗的土间对面有块乌黑发亮的横框，四五个渔民不约而同聚集在这里。他们坐了下来，个个脸上都带着郁闷的神色。如果是鱼倒还好，可这是拿到市场上换不来一文钱的异国女子，我们该拿她如何是好？大家都不知该如何处置这个从海上带回来的了不得的"猎物"。不，那不过是借口，其实他们各怀鬼胎，对异国女子的强烈好奇心让他们夜不能寐，不由自主地溜达到长老的府邸。不能眼睁睁看着岸边的这个女子饿死啊。虽然有些浪费，从明天开始得给她提供食物了吧。甚至还有人一本正经地提出，要不要考虑报官。大家一味地正儿八经商量着，其实，每个人心里只希望赶紧转移话题。

过了一会儿，一个愚笨不堪的男子终于忍不住了：

"哎，我说，那女子手里拿着的盒子，到底装的什么东西？看起来相当宝贝。"

话音刚落，在场的气氛马上活跃起来，众人各抒己见，仿佛捅了马蜂窝一般热闹。

长老仙右卫门示意安静下来，缓缓地开口说：

"依我看，那盒子里装的很可能是人头！"

"什么？人头？"

"嗯，没错。我来告诉你们详情吧。"

"嗯，请长老告诉我们。"

大家屏气凝神，仙右卫门摇了摇自己鬓发斑白的头，压低了声音：

"不知是俄罗斯还是英吉利，也不知是暹罗还是柬埔寨，我猜那女子是蛮国国王的女儿。她嫁往他国了，却背着丈夫与人私通，事情败露后，女子的情夫马上被斩首。不过，女子好歹是国王的女儿，怎么可能被轻易杀掉？于是她被赶上虚舟，随海逐流，生死听天由命。"

"原来如此啊。可盒子里面的东西呢？"

"话已至此，你们应该都明白了，盒子里装的正是那个被杀情夫的头。事实上，以前也发生过类似的事。那是我出生以前了，你们大概都不知道，那时也是一名蛮国女子，乘着虚舟，漂流到我们村子附近的海边。我听我父亲说过，那艘船上，有个类似砧板的东西，上面放着一颗人头，一颗鲜血欲滴的人头。"

"啊啊，所以女子才如此宝贝，紧紧地拿着那个盒子。"

在座的人纷纷感叹。说完了该说的话，仙右卫门一副"剩下的麻烦交给你们了"的模样，咯吱咯吱登上二楼睡觉去了。上了年纪后，仙右卫门习惯喝些酒早睡。长老退席后，气氛不再严肃，明显活跃起来。仙右卫门的儿子仙太郎从厨房拿出米酒，除了十六岁的儿子仙吉之外，在场的人纷纷伸手拿碗。原止村有名的花花公子长助姗姗来迟，一副蹭酒喝的样子，马上夺过话语权，没完没了地把话题往下流的方面扯。

"我不是反对长老的意见，只是我不认同那女人是个淫妇。虽是个蛮国女人，倒也颇有姿色。只看一眼，我就深陷其中了。"

"早说嘛，你干脆到海边找她吧！她一个人睡也是寂寞，说不定会好生招呼你呢。"

"嗯，我活到这个岁数还没见过外国的观音娘娘呢，今晚真想去搞她一下。"

一会儿，一个长得一副狐狸模样、叫平九郎的男子冷冷地笑着说：

"真是异想天开，我觉得你们还是放弃为好。"

"哎？这可不像你啊，说得这么冠冕堂皇。"

"如果你不希望命根子被咬断的话，还是放弃为好。"

"你这话什么意思？"

平九郎用舌头迅速地舔了下自己的薄唇：

"那女人的私处长有白色的牙齿。所以，不管多少次把女婿迎进门，男子都会在一夜之间因为阳具被咬断而悲惨死去。那可是死得鲜血淋漓啊！父母困扰至极，才不得不把这没规矩的女儿送上虚舟随海漂流。"

"你是从哪儿听来的？真让人毛骨悚然。"

"当然，也不是没有办法了。只要用磨刀石磨平那女子尖锐的牙齿，或是给她灌酒，趁她酩酊大醉之时把牙齿拔掉，这样一来，她就理所当然能接待男人了。"

"既然如此，我们一同拿些米酒到海边把那女子灌醉吧！"

大家都爽朗地大笑起来。

这时仙太郎发现儿子仙吉仍混在座位当中，于是厉声喝道：

"你这小子，居然还没睡！这种话小孩子家听不得。快去睡觉，快去！"

这时有人出来调解了：

"算啦，都十六岁的人了，早就不是小孩子啦。像我这种，十五岁就偷偷去嫖妓了。仙吉嘛，看起来老老实实的，老爸不在旁边的话，都不知道会做些什么呢。"

"不行，绝对不行。会养成坏习惯的，快去睡觉！"

父亲依旧不改他的冷淡。仙吉被父亲催促着，乖乖地去了二楼另一个房间，却兴奋得根本睡不着。

仙吉躲在被窝里竖起耳朵，他可以听见浪头拍打海岸那有规律的声音。从儿时开始，不，是从出生以来，听过千遍万遍、已经听惯的声音，不知为何今晚却奇怪地萦绕耳旁久久不能散去。仙吉霍然起身走出走廊，在这儿他可以隐约看见乌漆抹黑的森林对面那片海洋，现在是连星星都没有的五月暗夜。在仙吉的脑海里，不觉浮现出白天他混在村里渔民中间，透过虚舟的玻璃拉窗瞥见的那个女人的白皙容颜。

小时候，仙吉跟着村里八云神社的神官学习读书写字。有一次，神官还给仙吉看了一张屏风式的万国地图。想到原来在经常眺望的大海彼岸，有那么多的国家，那么多毛发颜色不同的人，仙吉就觉得恍恍惚惚的，像要失去意识一般。不过之后，仙吉的心里并没有萌生要逃出去的念头。仙吉从幼时开始便是一个极其平凡的孩子，他作为村里有权势的世袭地主家的儿子，十六岁了仍不用工作，要说任务吧，就是在祖父和父亲的庇护之下舒舒服服地成长。多年来没有一样嗜好，不像村里的渔民打牌嗜酒什么的。仙吉唯一的喜好便是收集那些散落在海边的大小贝壳。可就连这点喜好，也让父亲仙太郎惊讶得说不出话来。村里的渔夫们用轻视的目光看着他。捡了贝壳又能怎样？不能用来干这干那啊！仙吉自己也说不出个所以然。只是对他而言，无论是贝壳还是万国地图，都象征着大海彼岸未知的世界，能够毫无缘由地让自己心情愉快，仅此而已。

日复一日，仙吉的内心深处仍然没有逃到海外的念头。不要说海外，仙吉甚至很少离开自己出生的村庄，连走出自己家门都不是那么容易的事。仙吉对此并没有感到特别的急躁和不满，对他而言，"出逃"这个概念与他无缘。因此，在五月八日的那个夜晚，仙吉趁着父亲和村里人一边喝着米酒一边围坐笑谈之际，突然离开家径直走向海边，这也绝不意味着他意图失踪，只能认为是有股超越他本人意志的力量起着作用。

仙吉趿拉着木屐，从后门悄悄出去，那时四周蛙声一片。农夫和渔民们都要早起，所以家家户户都早早关门休息了。仙吉的木屐每踩响一次，蛙声便中止一会儿，他心里过意不去，半路脱下木屐。其实，马上就要走沙地直通海边了，反而是光脚好走。

　　穿过松林，来到海边，仙吉大吃一惊：明明是没有星月的夜晚，在水上漂浮的虚舟却像巨大的萤火虫一般，全身微微发出青白的磷光，就像是送精灵[1]的夜里放流在海上的灯笼。仙吉突然记起小时候，那时母亲尚在人世，她背负着仙吉到附近的河上看人们放灯笼。虚舟发着磷光，大概是船上点了煤油灯吧。而且，附近的海面上好像栖息着无数的夜光虫，每当波浪涌来，那些虫子就和虚舟一起，一闪一闪地摇曳在海上。

　　仙吉在沙地上站了好一会儿，出神地望着眼前这幅动人的奇景。海水哗哗地濡湿了他的光脚丫。他拨开海水，一点点靠近那扁平发光的巨大球体。

　　究竟自己是如何成功潜入虚舟里面的，仙吉事后全然记不起来了。总之，当他有知觉的时候，他已经面对面跟女子坐在虚舟里了。女子嫣然一笑，拿起类似红酒的饮品倒进玻璃杯里，端到仙吉身旁，那饮品如血一样。煤油灯照得船内一片亮堂。

　　仙吉还有一件事想不明白。他和那女子是用什么语言沟通的？如何让彼此的想法得到了理解？为什么两人能够语言相通、进行交谈？他也不明白。总之他们就是通过彼此的声音，毫无障碍地进行了交流。

　　1　送精灵，盂兰盆节结束的十五日傍晚到十六日清晨，为送走精灵，将供品放在稻草和木头做好的船上，放流至河流和大海的一种仪式。

"这是南蛮上好的酒水，请公子品尝。"

"不用，我从不喝酒的。"

"好吧，你真固执。那我为你做些什么好呢？我给你跳支舞好吗？"

女子起身打开扇子开始跳起舞来。垂在身后的金发飘扬，轻罗舞动，舞姿优美，极具媚态。在直径只有三间大小的圆球里，女子始终笑盈盈地手脚并舞着，丝毫不觉空间狭窄。这种舞蹈与仙吉平日所见的日本古来的舞蹈大异其趣，属于快节奏的西洋舞。

仙吉看呆了。可他双眼紧随着女子的舞姿，心里还是挂念着一件事，那便是前面提到过的盒子。他偷偷看了看四周，发现盒子正静静地放在圆球的一个角落。难道真如祖父所说，盒子里装着满是鲜血的男人头吗？里面真有情夫的头在瞪大眼睛怒视着吗？想到这儿，他又看向正在跳舞的女子，很奇怪，女子肩膀上的头不见了！她正一边跳舞，一边双手举起自己的头！女子像抛球一样把自己的头抛向空中，又双手接住，接了再抛，抛了再接。仙吉以为自己看错了，但千真万确。

突然，女子像扔球一样用力将自己的头扔向仙吉的膝盖，仙吉马上双手接住。女人的头在仙吉的膝盖上笑吟吟地低语道：

"盒子里装的东西，想看吗？想看我就给你看哦。"

仙吉不由自主地点点头。没了头的身子像被遥控着一般走向盒子，恭恭敬敬地双手将盒子举起。那是绘有几何花纹带描金画的漂亮盒子。里面到底是什么？仙吉只觉得心在奇怪地怦怦跳个不停。

女子从盒子里双手取出的确实是男人头。但仙吉发现，这头不是别人的，正是他自己的！他愕然了，几乎停止了呼吸。仙吉赶紧用手摸了摸肩膀以上的部位，头的地方已空空如也。头何时脱离了自己的躯体跑进盒子里了？他百思不得其解。

仙吉心神不定，坐立不安。女人似乎在唤醒他的意识一般，再次跳起轻柔的舞蹈，还将手里的人头——仙吉的头——向仙吉的膝上抛去。仙吉也学她，将自己膝盖上的女人头扔给女子。女人头在空中划出抛物线，仙吉似乎还听见她发出咯咯的笑声。女子一接到自己的头，就马上扔回给仙吉，仙吉无可奈何，不得不扔自己的给她。两颗头在空中几次擦身而过，左右来回了好几个回合。

不久，仙吉对这没完没了的无聊游戏感到莫名的生气，几乎要受不了了。自己被女人当猴子耍、当孩子待，心里又懊恼又可怜，一副欲哭无泪的样子。其实，仙吉的头在两人手里抛来抛去，左右来回地飞，表情悲伤，眼泪似要夺眶而出。女人敏感地察觉到了，她笑着安慰他说：

"好了，好了，不玩了。你好像并不喜欢这个抛球的游戏嘛。"

不知何时，女子的头回到了她的身上，仙吉的头也回到了自己身上。他松了一口气，可还是觉得自己难以控制懊恼的心情，终于咬住了嘴唇。于是女人开口了：

"很奇怪哦，你明明是男人怎么还哭呢？你已经十六岁了呢！"

仙吉生气地回答：

"我哪有哭！"

"可是，你鼻子旁边还有泪痕呢！你看，在这儿。"

女人敏捷地伸出手指指向泪痕，生气的仙吉刚想用手挥开她的手指，两人的手碰触在一起，就这样谁也没有离开，也不知是谁先拽了对方一下，两人的身体相碰了，紧紧贴在一起。碰巧这时海上的巨浪袭来，虚舟的地板被波浪顶了起来左摇右晃，半蹲的两个人东倒西歪，承受不住彼此的重量，就人压人一起倒在地毯上。被仙吉压在下面的女子，依旧眼里含着笑。仙吉自然是第一次碰到这样的艳遇,他理所当然地将主导权交给了女子，自己选择什么也不干。他记得平九郎之前还说这女子的私处长满了牙齿呢，一定是胡说八道。把一切全都交给这女子支配，仙吉觉得心里踏实。女子也没有辜负仙吉

的信赖，她万分周到地体贴了仙吉，仙吉感到内心平静
了下来。然而事情却简简单单地结束了。

　　为何自己晕乎乎的？仙吉最初并不明白。等到事情
完了之后，他才知道自己到虚舟来不为别的，只为体验
女人的滋味。这时他默不作声，紧紧抱住女人的身体，
意在表明自己的谢意。其实，他来到虚舟上，只是为了
抱抱这女子而已。仙吉闭着双眼，仰面躺在地板上。

　　女人仿佛什么事都没发生似的爬起来，向角落里的
盒子走去，说道：

　　"你先看对面好吗？不可以朝我这边看哦。"

　　就算不抬头看，仙吉从女子窸窸窣窣解开衣服、又
取下盒盖跨蹲在盒子上的一系列动作，也能猜出她在干
什么。果然，女子像在排尿一般，发出涓涓的水声，水
声渐渐变得响亮汹涌。原来，盒子是给女人解决尿急用
的呀！祖父还说里面装着头，真是瞎编！仙吉觉得好笑，
用很大力气才憋住没笑出声来。这时，水声调子突然一
变，清脆地唱着：

> 诸行无常，
> 是生灭法，
> 生灭灭已，
> 寂灭为乐。

仙吉确信自己没有听错，确实是女子的小便在清脆悦耳地唱着法文。声音越来越大，很快响彻整个船舱，清晰嘹亮的声音似要从内部震破这小小的虚舟。

仙吉闭着眼，听得心醉神迷，几乎忘了自己身在何处。法文恣肆的声音连绵不绝，响彻整艘船，仙吉任由自己浮在上面，漫无目的地被带向无边无涯的空间。

"公子，玩得尽兴吗？"

女人方便过后专注地看着仙吉，笑吟吟地对他说。仙吉没有睁开眼睛。他不希望任何人打扰沉浸在euphorie[1]中的自己。

五月九日黎明，村里的渔夫们向海滨走去，开始拉起他们的大围网。他们吃惊地发现，昨天夜里还漂浮在岸边的虚舟已经不知去向，踪影全无。昨天夜里没有刮台风啊，难不成是一夜之间，被大浪重新卷到大海里去了？除此之外想不出什么理由了。渔夫们马上划着小船驶向大海，设法查知虚舟漂到了何处，但最终无功而返。

同一日，将近中午之时，仙吉失踪的消息传遍了整个村子，一片哗然。过了几日，依旧不见他的行踪。村里人的心底似乎早将仙吉的失踪和虚舟联系在一起，但

---

1 euphorie，中文为"欣快"，心理学名词，指一种夸张的兴高采烈或幸福状态。通常为病态现象，可通过精神药品等达到。

鲜有村民敢明目张胆地出口散布谣言。不管怎么样，这可是丑闻啊！首先第一点，村民对长老的家族都心存敬畏，而且，对说不明道不清的古怪事情，每个人其实都怀着畏惧之念，这在当时可想而知。

事实上，同一天同一时刻，仙吉和虚舟同时失踪了，但没有任何具体的证据将他们联系在一起。路边虽有仙吉脱下的木屐，却不能作为仙吉到过海边的证据啊！此外，即便他到过海边，他有什么理由要坐上虚舟逃走呢？他和那个只会说蛮语的女人怎么能沟通呢？如此种种，皆是否定的理由。

但村里的村民们都暗暗相信，仙吉定是坐上虚舟逃走了。这不过表明，世人对日常逻辑范围之外的虚舟这一事物，寄托了巨大的信仰。照此说来，仙吉也定是具备了超出常人的本领。村民们只能叽叽咕咕些歪理，去解释他们无法了解的事情了。

故事到这儿还没有结束。还有两个相关的插曲得说一下。一个从时间先后顺序来说属于后话，还有一个发生在很久以前。

先说第一个。地点在亚平流层，时间我们设定得灵活些，大约是虚舟漂至常陆国后的一百六十年或两百年之后。

这是从东京飞往欧洲的国际航班，大型喷气式客机起飞已有三个多小时。飞行高度一万米，时速九百二十公里。窗外是一团团灰色的云团，在阳光照耀下十分晃眼。飞机飞行稳定，光看窗外的景色都不知它是否在飞。友彦为了打发无聊时光，伸手将耳机戴在耳朵上，耳机是乘客专用，在座椅上配备的。友彦打算欣赏自己喜欢的摇滚乐队的音乐。他刚用手指拨开开关，突然从耳机里传出快节奏的汹涌洪水声。洪水的声音巧妙地伴着摇滚节奏，不知是谁的声音清亮悦耳地唱道：

诸行无常，
是生灭法。

友彦大为震惊。很显然，那不是歌手的歌声。到底是什么东西在唱？他摘下耳机，不由自主地向周围望去，唱歌的似乎不在附近。旁边座椅上，友彦的父亲从刚才就在打着盹儿，不光父亲，大部分乘客都厌倦了长时间飞行，也没有精神彼此闲聊，各顾各昏昏沉沉地靠在座椅上。飞机仿佛在追逐着太阳，看不出是白天还是黑夜，太阳不论何时从不落下。这也增添了乘客飞行途中的倦意。

但是，那个歌声。那个歌声，究竟从何而来？友彦茫然地望着窗外。根据常识我们都知道，宇宙随处有肉眼看不见的电波在传来传去。以亚音速飞行的这架飞机也会闯进电波肆意穿梭的广阔空间，拨开一个个电波群一直往前飞行吧。偶有一两个电波迷失方向，跑进友彦的耳机里，这不足为奇吧，更何况宇宙满满的都是电波呢。可这来历不明的电波，这偶然飞进耳机的电波声，怎就能如此完美地融入到摇滚节奏里呢？

友彦想得心烦，便对睡在一旁的父亲说：

"爸爸，刚才发生了一件怪事。"

"嗯，是吗？"

父亲半睡半醒，提不起劲儿似的回答。

"爸爸，你听听，这个耳机里有唱诸行无常的歌声呢！明明是摇滚乐队的歌曲。"

"哦。"

"也不知道男女，声音动听得很。都不像是人类的声音！"

"别胡说八道啦，是你听错了。"

父亲似乎有些恼了，又闭上了眼睛。这小子，从小就喜欢一惊一乍的，现在都中学生了还是一点没变。我要是事事都当真，岂不是要疯了？哎呀，我睡得好好的，拿些莫名其妙的话来吵醒我，真是的。什么诸行无常，好笑，说什么不好非要挑诸行无常来说。话说回来，我记得好像《宝物集》[1]里这么说过：诸行无常乃升天智慧的阶梯，是生灭法乃淌渡爱欲之河的船只，生灭灭已是跨越刀山的车轮，寂灭为乐是出生净土八相成道的证果。呀，我也净记些无聊的东西。哎，我再睡一会儿。

友彦哪里睡得着。他脑子非常清醒，跟上了弦似的，甚至全身有股热乎乎的东西往上涌。才十来岁的男孩子，精气神足得很，怎可能乖乖地坐着一动不动？但没什么事又不能在机舱里晃悠。这是怎么了？友彦也不想听音乐了，万一又听到同样的歌声那不是吓死人，可不听又觉得心里不安得难受。哎，听一次就够够的了，要再听第二次，精神就得失常了。

于是他叫住从身旁走过的身穿军服式样制服的空姐，问她要了一杯果汁。空姐递过果汁的纸杯时，两人的手不小心碰到了一块儿，纸杯晃了一下，果汁洒了一些在折叠桌上。空姐觉得过意不去，对友彦微微一笑，这让友彦难忘极了。

喝完果汁，友彦索性起身，向通道尽头的厕所走去。并不仅仅是感觉到尿意的缘故，更因为阳物冷不防勃起，撑起了裤裆。

友彦一想到要在以九百公里时速疾速穿行于亚平流

---

[1] 《宝物集》，日本镰仓前期的佛教故事集，平康赖编。1179 年左右成书，后人多有增补。以座谈形式阐说佛教是至尊之宝的道理。

层的喷气式客机上自慰，就感到兴奋异常。老实说，早想在飞机上干一回，但总也拿不出勇气，也碰不上机会。还是中学生的友彦，哪有那么多机会坐飞机？这可是千载难逢的好时机！眼下，只要想想空姐方才碰触自己的手时露出的笑容和姿态，就足够了。友彦毫不犹豫地拉开了裤子的拉链。年轻人达到高潮并不难。

方才迫切的兴奋感一下得到了缓解，友彦心情舒畅了。他往马桶里冲水，排出的精液同厕纸一起随着漩涡流进了脚下黑暗的马桶洞眼儿里。对着自己刚排放的几亿条精虫，友彦小声道了声拜拜，这是他的习惯。这时，从冲洗马桶的水流里传来了歌声，声声敲打着友彦的耳膜：

> 诸行无常，
> 是生灭法，
> 生灭灭已，
> 寂灭为乐。

刚想起身的友彦顿时觉得头昏眼花，脑子像断了弦一般。他无力地跌回了马桶盖上，好像再次体会到了高潮。这是从耳朵传来的高潮。只是，对早熟的中学生友彦而言，这快感与自己至今为止体验到的高潮不同，这种快感的浪潮毫不中断，亦没有空虚感袭来，它如电音一般扩大膨胀，一点点地渗透到身体的每个角落。完了，我又听到了，终究还是听到了。我没事吧？应该没事，有事也拿它没辙呀！从没有这么爽过。于是友彦就这样闭眼坐在马桶盖上，沉浸在持续不断的快感余韵中。

euphorie。友彦脑海里突然毫无缘由冒出这个词。这不是从学医学和德语的堂弟那儿听来的吗？euphorie，日本人竟把它翻译成这么奇妙的词儿——多幸症。听说尼采在发疯前，曾目睹世界明晃晃得吓人，似乎也是因为 euphorie。euphorie，就是无限的陶醉。我和尼采一样，终究也患上了 euphorie？

不知过了几分钟还是几个小时，友彦自己也不清楚，这时厕所门外传来了咚咚咚的轻微敲门声。这期间，时间一片空白，友彦的意识完全游离在天上。

门开了一条细缝，方才那个空姐一脸为难地站在门外：

"您进来这么久了，我担心您是不是出了什么事。您是不是不舒服啊？看上去脸色发青的。"

"没有的事，你不要担心我。"

友彦简短地回答，又啪嗒一声关上了门，好像要把人世间的动静断然拒于门外一般。他一想到空姐吃惊的脸庞，就觉得好笑。

接着来敲门的是友彦的父亲。父亲很明显是清醒了，在门外叫道：

"喂，友彦，你怎么了？在干什么？是不是不舒服？要是不舒服跟我说，不要闷不吭声好吗？你听见没有，倒是说句话呀！"

沉默。

"喂喂，别做糊涂事啊！你当这是哪里啊，这可不是在家里头，你不能给别人添麻烦来着。适可而止，赶紧出来！"

还是沉默。

再接下来领班也过来了。意识到是个中学生在厕所里，他反而惊慌地说：

"是友彦吗？刚才你听到你父亲说话没有？我听说你在耳机里听到奇怪的声音是吗？那太奇怪了。如果你有什么要求，要清楚地告诉我们啊！如果你对我们空姐的服务有不满意的地方，我向你道歉。可你不能把危险品带进厕所里来！"

对于领班没头没脑的提问，友彦还是一言不发。他好像没有在听。总之我得了 euphorie 嘛！友彦渐渐变得愉快起来，终于进入真正的 euphorie。

不久，机舱里像炸开了锅，乘客很不放心，都异口同声地说：

"不会是劫机吧！"

"好像是要劫机呢！"

然而，机舱里的喧闹始终没有穿透金城铁壁般的厕所，传到友彦耳中。

因为飞机上不止一个厕所，在厕所里闭门不出的少年也不似有过激的想法，领班现实又乐观地认为，只要乘客们能稍微忍耐一下现状，好歹能顺利到达下一个中转站的，于是据此向机长做了报告。就这样，飞机载着友彦以及其他乘客和乘务员共一百几十人，像什么事也没发生似的，继续以九百二十公里时速飞行在亚平流层中。

第二个故事，地点从印度开始说起，到日本的比叡山¹结束。时间大约是在古代。要指出的是，《今昔物语集》里也有同源的故事。

从前，天竺有个天狗的王国。一日，国王和王子一时意气，打算翻越大雪山（喜马拉雅山）到震旦（中国）去。这时，王子耳边响起了冰河解冻、河水奔腾的声音：

诸行无常，

---

1 比叡山，位于京都市东北方，京都府与滋贺县交界处的山，顶上分为主峰大比叡和四明岳。古来作为信仰之山闻名，有天台宗的总本山延历寺。

是生灭法，

生灭灭已，

寂灭为乐。

声音像音乐一样持续不断地回响。天狗王子心生疑虑：

"父王，我听见冰河河水发出奇妙的声音。这是怎么回事？"

天狗父亲顿时吓得脸色刷白：

"什么？你听见了？我一点都没有听见啊。哎呀，我真担心你的将来啊。你听到的大约是法文，那是远比我们天狗狡猾的佛家那伙人作的法文。他们以我们天狗为仇敌，企图破坏我们的天狗王国。这些家伙拼命地追赶我们，诱惑我们，想方设法让我们屈服。因为你身为王子，他们肯定会盯着你不放。只有被盯上的天狗，才能听到他们唱的法文。"

说完，天狗国王潸然泪下。但王子昂然地抽动着鼻子对父亲说：

"父王不要担心。孩儿现在就顺水而上找到它的尽头，把那闹人的法文捻碎，消灭它。"

"不能那样。至今为止已经有好几个像你一样放出大话而出走的年轻人，但最终都输给了那法文的诱惑，个个到了遥远的日本一带，杳无音讯不知去向。你还是尽量小心水吧，千万不要到海里去，父王这都是为你好啊！"

父亲谆谆告诫着，就这样放弃了前往震旦的旅行计划，同儿子一起返回了王国。很长一段时间，王子都谨遵父亲的劝诫，一直警惕着水声的诱惑，不敢懈怠，就连家门口的恒河都从不靠近。可是，父亲驾崩后，王子野心膨胀，想再次探访大雪山冰河河水的尽头，找出奇妙法文的发声之处，这个愿望愈发强烈。终于有一日，王子乘着小小的独木船出发了。

大雪山的冰河水从天竺、震旦两国交界处险峻的流沙葱岭（帕米尔高原）倾注而下，滚滚落入长江。王子的独木船遭遇了翻船的危险，好不容易才恢复正常，得以顺流而下。水流依旧响着那段法文，毫不停歇。王子千里迢迢乘船而下，终于眼前出现了震旦的大海。王子想起死去的父亲千叮万嘱，万不可到大海里去。海里的水也在大声唱着法文，王子很想就这样折回去了，但转念一想，既然都来到这里，折回去太窝火了。于是他把船划到海上，一直向东划去。不久过了筑紫[1]的博多津，抵达了门司之关，侧耳倾听水声，法文的声音更响亮了。王子越发好奇，又渡过途中的许多小国，到达河的下游，

---

1 筑紫，日本九州的古称。

从那里划着船溯流而上进入淀川[1]，水声越来越洪亮。

从淀川进入宇治川，法文的声音更加高亢。驶入近江[2]的湖里，水声仿佛就在耳边。王子明白，自己已经离声音的源头很近了。王子抑制着自己激动的心情，从流经比叡山横川塔[3]旁的一条小溪流里划船而入。念唱法文的水声清晰嘹亮，王子觉得极其爽快惬意，他忘我地听得入了神。这时他往河边望去，发现四天王[4]为首的诸童子正威严庄重地守护着河水。天狗王子早失去了当初的气势，只觉得吓得发抖，不敢向前靠近，只好躲在隐蔽处偷看。

一个打杂的天童走近天狗王子的身旁。王子战战兢兢地问道：

"冒昧打听一下，为何这河水不停地念唱法文呢？"

天童微微一笑，说：

"这河的上游是比叡山上很有学问的僧人们使用的厕所。是厕所流出来的水在唱着法文。为了守护法文从不唱断，我们特守候在此。"

1　淀川，以滋贺县琵琶湖为水源，向西流经京都盆地南部，在盆地西端与桂川、木津川汇合，向西南流经大阪平原后注入大阪湾。

2　近江，日本旧国名。相当于现在的滋贺县。

3　横川塔，比叡山延历寺三塔之一。

4　四天王，指佛教四个守护神：东方的持国天，南方的增长天，西方的广目天，北方的多闻天。

天狗王子听罢，顿时感到从未有过的巨大冲击。如今自己要毁掉水声的决心已经全然消失，父亲的训诫早已抛于脑后，皈依之心油然而生。

"就连厕所里的水都能念唱出这般深远的法文，更不用说比叡山的僧人了，他们一定是尊贵得无法想象。我也想一心一意成为这座山的僧人！不，我发誓一定要成为僧人！"

立誓后，天狗王子忽然当场消失了踪影，不知去向。

随后历经几多世代，宇多法皇的皇子中有位兵部卿有朋亲王。竟想不到，天狗王子作为亲王的嫡长子出生了。正像应了从前的誓言一般，他做了法师，成为比叡山的僧人，法号明救。他师从延昌僧正，顺顺当当地出人头地做了僧正，被任命为天台座主第二十五世，世人称之为净土寺僧正。这位法号明救的僧人，据《荣花物语》和《紫式部日记》的记载，即为天狗转世，也有一种说法，说他是弘法大师门下臭名昭著的弟子真济的转世。总觉得此人形迹可疑但又不乏趣味，然而本文只点到此处，不做他讲。

工

匠

在由比滨的海滩，滑川河河水注入大海，那附近有
一艘大船。船底深深埋在沙子里已有五年多了，侵袭而
来的海风和波浪都不能撼动分毫，船如同画中无用的多
余之物一般被丢弃在这里。船舷高得需要仰望，像城墙
一样矗立，装饰船首的那朱泥金浆的古怪龙头正下方，
高大的破浪木反向折回船底。这艘船不像是日本制造，
可能是海风把它从遥远的大宋刮来，搁浅在这镰仓海边
的沙滩上。

　　在材木座[1]尽头的和贺江津，偶有满载舶来品从博
多而来的船只。可供比较的对象一经出现，这艘大船的
确大得抢眼。哪怕是见惯了宋船的镇西商人，也不由得

　　1　材木座，日本地名，现在神奈川县镰仓市。

瞪大了眼睛。

"嗨，那是什么！真是大得惊人的家伙！在博多津都不曾见过那么大的船！"

不论哪儿都有消息灵通的人：

"你不知道啊？很久以前，镰仓有位年轻的将军早早死于非命，他生前曾命一个叫陈和卿[1]的宋人，耗费数百万黄金建了这艘大船。那宋人在重建东大寺中也是立下大功的。将军似乎准备乘着大船前往大宋，可惜船造得太重了吧，数百名船工站在水里用拖网拉，船也丝毫不动，最终扑通一下沉了下去，沙子淹没到船身。这艘船以前装饰很华丽的，但时间流逝，颜色脱落了，木材也腐烂了，最后就如此落魄不堪咯。耗费了巨资，就这样白白地腐烂了。"

"哟，那倒是，这将军的爱好多么愚蠢。船要是触礁遇难就不说了，可它从未出过海，就这样烂在沙滩上，听起来都觉得不可思议！"

"别说出海了，压根就没在水上浮起过呢。虽然的的确确是艘船，但又不是真正的船。可以说这是前所未见的稀奇品。"

靠近一看，果然能清楚看出大船一天天更加颓落的

1　陈和卿（生卒年不详），宋代佛师。日本寿永元年（1182年）去日本，曾建造东大寺与长谷寺的佛像。

痕迹。船尾上正舵都被扯了下来，船前桅杆和主桅组成的帆柱由于风的原因，双双从底部折断，曾经飘挂在主桅杆上当作海神降魔护船符的蜈蚣旗是想看也看不到了。除此之外，甲板上乱七八糟堆放着的鲤鱼旗、风向旗、风幡和不知是什么的吉祥物之类，全都不见了踪影。曾经醒目的朱红色船侧栅栏、屋顶形船篷的栏杆、唐破风[1]和花头窗[2]的窗框，现在都明显褪了色，到处是模糊不清的剥落斑点。至于船首的龙头，就更不用说了。

船整日整夜泡在水里，船底的木板已经腐朽过半，沾满了水垢和蓝色的藻类。对藤壶、乌帽子贝、龟足这些小海洋动物来说，这儿是繁衍种族的理想场所。常常有一片浅黑色影子一般的海生物在货架板和甲板上一闪而过，仔细看能看出那是一大群海虮。还有螃蟹，摆出一副"这是我地盘"的模样在大船上横行。镰仓的海里螃蟹极多。由于弁庆[3]刚去世不久，弁庆蟹的叫法还没有传开，读者在此只须将其想成是有红色甲壳和钳子的勇猛螃蟹就好。被人类丢弃的大船，如今全被海虮和螃

1　唐破风，屋顶建筑的一种，由中国古典建筑的"博风"而来。两侧凹陷，中央凸出成弓形，类似遮雨棚的建筑。

2　花头窗，尖顶拱形轮廓，内侧装有糊纸拉窗的门窗。用于寺院建筑。

3　弁庆（？—1189 年），日本镰仓初期高僧。后追随源义经，武名远扬，关于其武勇的传说至今仍见流传。有一种小型螃蟹名叫弁庆蟹，据说因联想到身披重甲的弁庆而得名。

蟹占领了。

　　将军的寝宫是建在大船后方的宅邸，与其说宅邸倒不如说塔楼更为贴切。塔楼差不多两丈高，唐破风的屋顶装饰着金凤凰，塔楼的四面安装有窗、门和栏杆，从外面看处处涂满了朱红色。这些上面都讲过了。

　　将军从未到过这个寝宫，备置的家具也是一件都没有。空荡荡的房间里，在海蛆爬来爬去的满是污垢灰泥的墙上，不知谁挂了一幅古色古香的绣帐，许是大船竣工之时，有人将它作为装饰挂着，最后竟忘记取下来了吧。绣帐上的图案是树下美人，在黄绿色的底布上用深蓝色、绿色、红色和紫色的线缝就，金线银线突出重点。隐约浮现出一幅天平时期[1]的丰腴美人像。

　　若生在天平时期，这位美人至少也有四百七十岁了。近五百年的漫长岁月里，美人始终被绣线牢牢绣在布上，脖子上的玻璃珠零零散散地镶嵌着，她定是觉得沉闷且厌烦吧。

　　美人的头发是真正的头发。话说这幅陈旧的绣帐是为藤原家一位英年早逝的小姐祈冥福做的，当时有直接将已故之人的头发和骸骨往纸上浮水印、然后绣在布上的习俗。这位美人气质极其高贵，也许是认为自己的血

1　天平时期，即奈良时期，指日本古代以平城为京城的时期。

脉，通过画里的头发与远古的权贵紧密相连吧。

美人在这儿片刻不得安宁。在被遗弃的大船寝宫里，海面来的海风从门缝径直吹进来，湿气从脚底悄然潜入，螃蟹和海蛆旁若无人地从眼前经过。美人期待见到年轻的镰仓右大臣，祈愿他与自己亲切交谈，这些期望让她甘愿忍受这种种不如意，默默地静候在寝宫里。她坚信实朝大人[1]一定会来的。实朝大人不顾周围人的反对，特地派人建造这艘大船，就是为了亲自乘坐。美人就这样坚信着，时常喃喃自语。

汹涌而来的波涛声不断在无人的沙滩上怒吼，美人一心一意等待着。

如今美人只能寄希望在这徒劳的期待上，但很久之前，她也得到过周围富贵公子的追捧，有过可称得意巅峰的辉煌时期。从前，在每次例行的仪式上，她都会被悬挂在大广间的横梁上展示，此时众多女人和孩子都会用赞美的眼光盯着她赞叹："哇！多美的绣帐啊！"只要一想起这些，美人都忍不住扬起嘴角。这也是她对已逝王朝的怀念吧。

前面提到过，绣帐上美人的头发是夭折小姐的头发，此外绣帐还有一个无可替代的绝赞之处，便是这绣帐绝

1　指源实朝（1192年—1219年），镰仓幕府第三代将军，源赖朝的次子。1203年成为将军，1218年任右大臣，第二年正月被暗杀。

非请专门的刺绣工人绣的，而是藤原家二十位年轻小姐在斋戒沐浴之后，用尽心思一针一线精心绣出来的。虽然她本身已是四百七十岁的高龄，但依然觉得自己的头发是未出嫁的处子之发，针线出自处子之手，因此自己亦是未满二十岁的处子之身。若不然，怎会如此纯真无邪地去等那不知会不会来的贵人呢？

一次，不知从哪儿飞来一只鹦鹉，飞进了大船里的寝宫，像是诵经似的扯开嗓子叫道：

"唵　阿谟伽　尾卢左曩　摩贺母捺罗　摩尼钵纳摩　入缚罗　钵罗嚩多野　吽！"[1]

美人觉得寝宫是自己的地盘，对这个吵吵闹闹的贸然闯入者怒目而视：

"喂，吵死了。你给我注意点，你以为这是哪里啊！"

鹦鹉满不在乎：

"哟，说话了呢。看来不念光明真言是不行的了。这可是醍醐寺的俊乘房重源[2]师傅教的呢。重源师傅说了，这个咒语随时随地都可以念。"

"但这儿是我看守的居室。你不知道这里很快就会迎来右大臣吗？你别在这儿吵闹了。"

1　这是光明真言的咒文，是密教咒文之一，教徒认为只要念唱咒文，即可消除一切罪孽或恶事，并使死者成佛。

2　重源（1121年—1206年），镰仓初期净土宗僧人，号俊乘房。相传曾三次入宋，被任命为大劝进职，奉命重建东大寺。

鹦鹉侧着小脑袋：

"你说的右大臣，可是实朝公？"

"正是。"

鹦鹉一听就咕嘟咕嘟地笑了。

"真可怜啊。不管你怎么伸长脖子等，实朝公都不会来这里啦。"

美人气得柳眉倒竖：

"你胡说八道。你以为实朝公为什么让人建造这艘大船、这个寝宫？你要是不知道我就告诉你，就在最近实朝公打算乘坐这艘大船去唐土，去参拜他心心念念的育王山[1]。就是说了，你们这般鸟类也不会明白的。"

然而鹦鹉更是仰天大笑，笑得连喉咙眼都露出来了：

"哈哈，我生在汴京大相国寺，随着北狄的侵犯往南迁移避难，我正儿八经地出生在唐土，怎么会不知道育王山？不知道的是你们日本人吧！因为你不知道，所以才会在这儿寄希望于无用的美梦。可是，这艘大船压根就没有动过。竣工都五年了，如今桅杆也断了，船底也腐烂在沙里，变得破破烂烂。再说，实朝公在很久之前就已经去世不在了。"

美人脸色变得苍白，颤抖着声音说：

---

1 育王山，宋代五山之一，在浙江省宁波以东。晋朝太康年间（280年—289年），刘萨诃得到阿育王的舍利，在此建塔供奉。后来山中建立了阿育王寺。

"你说谎！你的话我是不会信的！"

鹦鹉却是越说越激动：

"你不想信就不要信好了，从未出过海的船就这样烂在沙子里，有谁会相信。可大船的确是一天天地烂掉，这是个不容争辩的事实。而且，你的命运也和这艘大船休戚与共啦。你俩真是般配得很啊。"

说到这儿鹦鹉再次笑了。

"真的很般配呢。大船从未出过海就烂了，而你连男人是什么东西都不知道就成老处女了。你再怎么等，实朝公也不会来的。来的只有在这寝宫里到处乱爬的红螃蟹。你看，这居室到处都是螃蟹。是啊，你的对象要是螃蟹，最合适不过啦。"

说到这里，鹦鹉啪啪地抖动翅膀飞了起来，从腐坏的花头窗飞到外面去了。

"我第一次知道日本，还是在难忘的临安青楼里看到妓女手里所持的日本扇之时。看，就是和这个一模一样的纸扇。我那时才十八岁。"

在材木座弁之谷深处有一户偏僻人家，有个男人正一边和鹦鹉聊天，一边单手摇着扇子，慢慢地喝着酒祛暑。这是个年龄六十岁上下、骨架壮实的男子，体格有些像工匠。此人正是宋人陈和卿。在日本的土地上生活了近四十年，说得一口流利的日语，乍一看和日本人没什么不同。给将军造的前往大宋的船还不错，可大船没能在水上浮起来，导致他脸面尽失，一时间身价下跌。陈和卿逃出镰仓、下落不明的谣言也到处流传。整个镰仓有谁能想到他竟然藏身在这个地方，逍遥自在地喝着酒。

"听说鹦鹉的寿命很长，但是你居然还知道南迁以前的汴京，了不起。我已经年过花甲，不知道那时候的事情咯。"

面对陈和卿略带嘲讽的话，鹦鹉若无其事地转移话题：

"我忽然想起来，你知道育王山吧？"

"怎么可能知道。我刚满二十岁就来到了日本。来日本前我还很年轻，哪有什么闲情去参拜寺院。比起寺院，青楼我倒去得勤。"

"就是说，你把自己不知道的育王山跟实朝公说得像真的一样咯？"

"我也是从俊乘房那儿听来的呀，所以才能把育王山的灵验说得跟亲眼所见一样。现在想想真是作孽啊。"

"我是来醍醐寺之后才认识俊乘房师傅的，但那个人是否真正去过育王山，我还真不知道，这话也是到了现在我才说。"

"嗯，我也同意。是俊乘房提拔了当时在大宰府无所事事的我，把我带到东大寺着手大佛铸造之事，可我从未见过像他那么难对付的和尚。就像你说的，俊乘房赴宋的事无论如何我都不相信。赴宋三次怎么看都像个笑话，真要信那种花言巧语，岂不是跟自夸要去法性寺[1]出家一样。话又说回来，俊乘房的弟子空谛从室生寺[2]的五环塔盗取舍利子之时，由于我和空谛同是宋人，所以难逃干系。然而，事情或许真像世间流言所说一样，其实是俊乘房从中作梗吧。但说到底，我觉得俊乘房喜好舍利子，喜欢得太反常了。"

"说到俊乘房，陈和卿先生，你和他不分伯仲啊。"

"喂，别开这种玩笑，我可受不了有人把我和那臭和尚相提并论。托那家伙的福，我是故国难回，白白断送了一生。现在后悔也无济于事了。"

"那请你告知我一个真相吧。比如说育王山的事，你到底是为什么欺骗实朝公？"

陈和卿放下酒杯，一时闭口不语，用怀疑的眼光审视着眼前这只眨巴着眼睛停在朱漆横木上的白色鹦鹉。只把它当鸟类敷衍回答的话，又不知该说什么好。它似

1　法性寺，京都市东山区本町净土宗西山禅林寺派的寺，925年藤原忠平创建。后衰微荒废，明治时代作为尼寺重兴。

2　室生寺，位于奈良县室生村的真言宗室生寺派的大本山，相传680年创建。因是求雨灵地，故香火旺盛，因允许女性参拜，故称为女人高野。

乎在刺探我心中的秘密。鹦鹉是从逝去的俊乘房重源那儿得来的，我与它不即不离地生活了十年，从未发现过这家伙如此聪明。陈和卿改变了对它的看法。

关于鹦鹉口中所说的育王山和实朝公，想必已经众所周知，没有必要特地解释了。但慎重起见，还是引用《吾妻镜》的原文吧。建保四年六月十五日条：

"召和卿于御所，有御对面。和卿三反奉拜，颇涕泣。将军家惮其礼给之处。和卿申云'贵客者，昔为宋朝医王山长老，于时吾列其门第'云云。"

医王山正是育王山。而且原文也写道，实朝六年前也做过同样的梦，梦见自己是育王山长老转世，这一点与和卿所说刚好若合符节，将军因此大为感动。所以实朝公被骗，也是自己做好了铺垫才招致的。

"我欺骗他？说得真难听，是他自己招骗的。"

陈和卿的话一点也不痛快，鹦鹉怎可能满足于这种回答。陈和卿用辩解的口吻继续说：

"你刚才问我为何骗他，我也不知道。我既不是为了坐上那艘大船出海，又不是企图用花言巧语让将军拿出钱来。一直到有缘拜见实朝公，我脑子里是压根没打过那样的算盘。可拜见实朝公的时候，我也不知怎的，就把那些话一股脑都说了出来，事后想想都觉得不可思议。"

鹦鹉咕嘟咕嘟地笑了：

"真是可笑。听你口气，似乎错都在实朝公哦。"

"是啊，就是那样吧。假如我拜见的不是实朝公，而实朝公也不是二十四岁了仍然膝下无子的话，我肯定不会那样说。"

"好像越说越接近真相了呢。你去拜见实朝公的时候，到底抱着怎样的心情？这一点请你务必说说。"

陈和卿再次面露难色，又沉默下去。他的脸颊微红，肯定不仅仅是喝酒造成的。过了一会儿，他一口喝掉杯中的酒，慢慢摇着扇子继续说：

"你也是知道我的，我从不喜好男风，但不知怎的，对实朝公我有一种特别的好感。从第一眼看到这个人开始，就想助他成就一番事业。之前为俊乘房做事并非我所愿，但是为了实朝公，我想拿出所有的本领，全力为他成就事业。我自己没有孩子，并不了解当父亲的心情，但对他的好感应该就和为人父的心情差不多吧。"

"是啊，我虽只是一只母鹦鹉，却能理解你的心情。"

"我想为实朝公的梦赋予形体，那就是育王山和大船。如果实朝公想要飞上天，或许我就会为他造一对翅膀。说是玩具也像玩具，但我原本就只是个匠人，除了做玩具以外别无他能啊。实朝公除了玩具是不是需要别的东西？哎，说我骗他也没办法，但我现在也可以自豪地说，那个悲惨的将军，我确实为他编织了他这一生中最大的梦，这是任何人都无法做到的。不管什么样的梦，没有形体就没有意义。有了形体，梦才作为梦而存在。这就是我的工匠哲学。"

"但是，你造了一个巨大到愚蠢的梦，哦不，是巨大的玩具。"

"我之前也有铸造过东大寺的大佛像啊，对于制造巨大到愚蠢的东西我早习惯了，甚至可以说信手拈来。"

"那个巨大的玩意儿现在还被丢弃在由比滨海滩上，迟早会毁掉的。"

"反正是玩具，当然会毁掉啦。那大船即使出海也会弄死人的。至少还因为船没动，实朝公晚两年才去世。这也是我不服气的地方。过几天我再去看一次吧，看看已故实朝公梦的残骸。"

随后不知是否打算如厕，陈和卿抬起腰，伸出一只手拿起靠在手边的松叶拐杖。坐着的时候看不出，陈和卿的右腿似乎有些不便。以前作为铸造师住在东大寺的时候，可能因为和手下的工匠吵架，被炽热的金属浆液浇到了腿上。其实年轻时陈和卿貌似就喜欢吵架，口碑不好，正如随心院古文书（元久三年四月）中"和卿滥妨"等语记载的一样。

"看吧看吧，托你的福，之前对谁都闭口不谈的秘密，今日对你松了口咯。"

拖着不方便的腿走到走廊的边上，从与庭院相接的山峦那边，一只黄色的蝴蝶轻轻飞来，如同被风吹来一般。明明暮色已浓，却只有那抹黄色显得十分惹眼。随着蝴蝶慢慢靠近，越发变大，陈和卿开始怀疑自己的眼睛。难不成见鬼了？转眼间黄色的蝴蝶就融进了暮色中，出现了一个人头。是实朝的头！他在鹤冈八幡宫被公晓杀害之后，头就不见了，埋葬在胜长寿院坟墓里的尸身上没有头，此刻这头颅竟然出现在这儿！陈和卿不由自主地叫出声：

"啊，右大臣殿下，您怎么会在这儿？"

那令人无法忘怀的苍白的脸上扬起微微的笑意，头瞬间就消失了，只留下浓浓的暮色。

第二天早晨，在材木座弁之谷的偏僻房子里，陈和卿从闹心的梦里醒来，发现自己变成了一只红色螃蟹躺在床上。

如此写作，估计会引起读者的怀疑吧：哎呀，你说镰仓时代的日本会有床吗？很久以前在正仓院就有完好保存下来的床，更何况陈和卿生在大宋，而且工匠手艺高超，即使到了日本也没有抛弃在故国时的习惯，喜欢像以前一样睡在自制的床上，这不足为奇吧。

这暂且不提，陈和卿是甲壳在下仰面躺着的，虽然没有看到盔甲一样多节的白色腹部，但稍微转动一下眼珠子的话，就能看到比身体大得多的红色巨钳和长着短刚毛的八条腿。不对，最初以为是八条腿，但细看之后才发现只有七条，少了右边最下面一条。和之前的大腿比起来，简直小得可怜，让他无法想象这就是自己的腿。然而这七条腿的关节生猛有力，不停地微微颤动着，好像与陈和卿自己的意志没有半点关系。

这样啊，我是螃蟹了啊，陈和卿想。到昨天为止我还是个人，简直像做梦一样，实际上，我作为人类的存在感一点也不真实。他回过头来看看房子四周，落在横木上的鹦鹉还在酣睡，悄然立在枕边墙上的松叶拐杖还保持着等待主人的样子。现在已经不需要松叶拐杖了，鹦鹉也没有用了。陈和卿用力抬起上半身迅速转过身来，在床上用七条腿利落地站了起来。他觉得口很干想喝水，就这样横着爬下床，穿过房子走到外面，径直向由比滨海边爬去。

是台风要来了吗？海面上一片波涛汹涌，铅灰色的波涛在被遗弃的大船周围掀起一望无际的浪花。陈和卿毫不犹豫地爬向波涛中朦胧的大船。

这艘船曾是自己督促鼓励数百名船工按照自己的设计建造的，变成螃蟹之后的陈和卿心中已没有半点记忆。

他似乎被什么东西吸引一般，用七条腿在湿漉漉的沙滩上疾走。即便是少了一条腿，也不觉得有什么不便。

到了大船之后一看，发现船坏得更厉害了。船底已被腐蚀得破了洞，波浪涌来时海水涨满船舱，小鱼在梁桁之间游来游去，乱糟糟的海草到处都是，不停地摇曳。货架、栅栏眼看就要坍塌，之前在这里横行的海蛆似乎感觉到了危险，如今已是一只不剩。之前肆无忌惮的螃蟹，也都消失得无影无踪。只有船首的龙头，虽然还在昂首向天，但那个气势，只显得空洞而不真实。

将军的寝宫在甲板上建得格外高，还需一段时间才会被水淹到，暂时没有危险逼近。它像被敌人包围的天守阁一般，孤傲地暴露在海风中，超然地俯视着下边涌来的浪花。实际上，唐破风的屋顶上装饰着黄金凤凰的寝宫，和后来的天守阁非常相似。

陈和卿一踏进寝宫，耳边就响起尖锐的女声：

"您可来了实朝大人，我是等了有多久啊！但我一刻也不怀疑，总有一天您会进来的。"

声音的主人俨然就是挂在墙上绣帐里的天平美人。刺绣上彩线的毛已经竖起来了，破破烂烂的，由于湿气的原因发霉发黑，底布上，图案的边际线如今已模糊不清，但风雨摇曳中还能清晰听到美人动人的声音。

陈和卿愣住了，一时不知该如何回答才好。这女人是精神失常吗？陈和卿想。女人像在追问一般，声音再次响起：

"实朝大人请放心。我一直在这儿守着，将军住的寝宫可是谁都没进来过，一切安妥。大人您看，船帆任何时候都可以升起。"

听到这里，陈和卿的内心起了变化。风从身体深处吹过，遥远的记忆仿佛瞬间被唤醒。是啊！我就是镰仓的三代将军实朝啊！我曾命宋人建造大船，准备前去参拜我前世居住的唐土育王山，那个曾经让我神魂颠倒的梦如今却被忘得一干二净，想想真是不可思议。

陈和卿爬到绣帐前，向美人轻轻作揖，开了口。他的回答平稳流利，没有丝毫停滞：

"真是辛苦你了。你独自候在这儿，想必非常寂寞无聊。现在我来了，就不会再让你受苦，现在你可以放松休息了。"

之后，他看着美人破旧褪色的衣裳：

"不过，你这衣服太破了。上面堆满陈年的灰尘，黑乎乎的。缝在脖子周围的玻璃珠也让你很压抑吧。这珠子，连同身上的旧衣服，干脆扔掉算了。如果你同意的话，允许我用这个钳子帮你剪开，好吗？"

说着，心里不由自主地涌起一股残忍的喜悦，陈和卿不知不觉从口中噗嗤噗嗤吐出泡泡。螃蟹兴奋的时候都会不由自主地吐泡泡。只要一想到自己就是实朝，陈和卿觉得不管提什么无理要求都是理所当然的。更何况对方还是个女人。

美人不由得羞红了脸：

"可是，脱了衣服，我就光着身子了。"

"没关系。我们不是要去育王山吗？在育王山藏着舍利子的金塔银塔下面，有一座金光闪闪、佛莲覆盖的琉璃池。天人们都在那里沐浴，谁都不会觉得赤身裸体难为情。"

"但这四百七十年里，我从未脱过这件衣裳呢。"

"那可不行。被发霉的线牢牢缝在这底布上根本没法活。想要和我一起出海去唐土，首先就必须从古老的束缚中解放出来。只有从底布里走出来，深呼吸一下，你才明白这四百七十年来你是多么不自由。"

美人有些不知所措了，问道：

"但是，用钳子剪的话会痛吗？"

"剪脖子上玻璃珠的线时可能有些刺痛，但我会小心不伤到你的皮肤，从旁边慢慢地剪，所以不要担心。先从手的周围、脸的周围开始剪，你的动作也能变得自由一点，而且会觉得很舒服。来吧，我们开始吧。"

陈和卿一边挥动着左右两只大钳子，一边向美人的脚边逼近。

"不要，不要啊！饶了我吧实朝大人！"

美人哭着喊着，但无济于事，陈和卿用他那长着刚毛的七条腿扯住绣帐，首先举起右边的钳子咔嚓剪开裙带，然后举起左边的钳子噗嗤剪开上衣的胸扣，接着就是机械地继续手上的动作，交叉地挥动左右两个钳子剪这边剪那边，沉醉于自己的手艺中，尽情享受。

虽然没有流血，但钳子颤动的声音把美人吓坏了，连叫喊也忘到脑后，只顾恶寒一般浑身发抖。彩线被撕碎了，散开了，一片混乱，从底布上掉落下来，美人的身体也随同衣裳一起消失了。本来在衣裳的下边，就不曾独立存在着美人的躯体。最后，陈和卿的钳子冷冷地一碰美人的脖子，玻璃珠就噼里啪啦滚落到地上，美人可怜地断了气。

地上散落的断线和玻璃珠，很快就被从门缝刮进来的海风吹得干干净净。

就这样，美人名副其实地香消玉殒了。刚才的情景像是一场梦，螃蟹既不是陈和卿也不是实朝，螃蟹本人再怎么想，也必须承认自己除了是螃蟹，做不了其他人。不对，螃蟹本来就不是人，所以我叫它本人，或许颇为可笑吧。